著

紫荆花下

王英民诗歌选

清华大学出版社

北京

内 容 简 介

本书以清华附中百年校庆为契机，以诗歌的形式向人们讲述了作者在清华学习、工作四十年的成长经历和教育感受，表达了作者对清华大学、清华附中深深的感激眷恋之情和自己的教育情怀，以及对那些曾经一起工作的同事、领导、教过的学生和清华附中优秀校友之间的友谊和炽热的情感。作者的每一首诗，每一行文字都渗透出作者对这片土地，对自己从事的教师事业的热爱。

本书由清华风骨、教学人生、青春岁月、亲情·友情、生命感悟、山川放歌六个部分组成，共有120多首中文诗歌和18首英文诗歌，不仅可以很好地传承清华大学及清华附中的人文精神，凝聚校友感情，还可以激发学生的爱国荣校之情，激发青年教师对教师行业的崇高感和自豪感。

图书在版编目(CIP)数据

紫荆花下：王英民诗歌选/王英民著.—北京：清华大学出版社，2015(2016.6重印)
ISBN 978-7-302-41236-6

Ⅰ.①紫… Ⅱ.①王… Ⅲ.①诗集—中国—当代 Ⅳ.①I227

中国版本图书馆 CIP 数据核字(2015)第 186638 号

责任编辑：赵轶华
封面设计：何凤霞
责任校对：李　梅
责任印制：杨　艳

出版发行：清华大学出版社
　　　　　网　　　址：http://www.tup.com.cn, http://www.wqbook.com
　　　　　地　　　址：北京清华大学学研大厦 A 座　　邮　　编：100084
　　　　　社 总 机：010-62770175　　邮　　购：010-62786544
　　　　　投稿与读者服务：010-62776969, c-service@tup.tsinghua.edu.cn
　　　　　质量反馈：010-62772015, zhiliang@tup.tsinghua.edu.cn
印 装 者：虎彩印艺股份有限公司
经　　销：全国新华书店
开　　本：152mm×230mm　　印　张：16.75　　字　数：269 千字
版　　次：2015 年 10 月第 1 版　　印　次：2016 年 6 月第 4 次印刷
印　　数：2302～2801
定　　价：48.00 元

产品编号：064982-01

序一

　　王英民老师的诗集《紫荆花下》付梓在即，嘱我撰序。我拜读完作品后，为王老师在诗歌中所流露出的生命情怀而感动。英民老师从清华大学毕业后就一直在清华附中工作，至今已有 38 年，是北京市英语特级教师，曾长期担任我校英语教研组组长，在教学改革、学科建设、人才培养、学校管理和发展中西融合的国际教育等方面做出了巨大贡献。可以说，英民老师个人的教师生涯见证了我国教育事业蒸蒸日上的发展进程，也见证了清华附中逐步走向辉煌的成长历程。在他的诗歌中，有许多咏诵清华的篇章，有的感怀同辈情谊，有的寄寓校园风景，有的叙写执教点滴，以随心率真的语言，透出才情和心志。清华风骨，是清华附中人对母校精神的深深眷念；教学人生，是教育者对师道风尚的孜孜追求！

　　这本诗集还有很多英民老师在生活中的闲情之作，旅游览胜、历史慨叹、亲友聚散皆成篇章。培根说："读诗使人聪慧。"可见诗歌不仅是个性化的写作活动，更能启迪人们去发现美、欣赏美和创造美，提高人的素养。只有对大自然和社会生活充满激情和留恋的教师，才能把世间的真善美传递给自己的学生，知识的传承缺少了情感的倾注，就不可能真正培育出品行美善、德才兼备的学生来。我想，一个热爱生活的人，才会在工作上干得热情，做得出色。王英民老师是一位颇具才华的老师，写作、歌唱、长跑等活动均有所长，这也是他在三十多年教育事业上屡创佳绩、桃李天下的不竭源泉吧。

　　清华附中以"为未来领袖人才奠基"作为人才培养目标，要使学生具有领袖那样的素质、修为和品格，就必须注重学生综合素质的全面发展，尤其是人文情怀的熏陶。倡导诗歌的创作与阅读是清华附中一项优良的传统。我校每年都会开展校园诗歌的创作与朗诵活动，2012 年还成功举办了第二届全国中学生校园诗会。通过古诗词吟诵比赛、三行诗创作大赛、原创诗歌表演展示、对联创作和书法比赛等活动，涌现出不少朗诵好手，铿锵顿挫，令人回味；更产生了一大批名篇佳作，结集出版，以求共鸣。这些诗歌活动不仅吸引了学生们的热情参与，老师们也跃跃欲试。我们鼓励教师队伍中有更多像王英民老师这样的"校园诗人"出现，在提高个人艺术修养、促进职业成长的同时，营造出诗意栖居的生活方式和文化氛围，创造出一个充满诗意的校园。

2015 年，欣逢清华附中建校百岁之禧。紫荆花下，一片生机盎然。感谢王英民老师以诗代史，为自己、为清华附中、为教育事业献上最深情的歌颂。希望他能不辍笔耕，创作出更多作品，也希望这本诗集能为母校华诞增辉添彩！

清华大学附属中学校长　王殿军

2015 年 4 月 28 日

序二

　　我 1952 年毕业于清华大学，留校后一直在无线电系工作，1978 年到清华附中任党总支书记，1991 年退休后又工作了几年，与王英民老师共事十多年，退休后虽联系不多，但学校的重大活动还常会见面。算起来认识他也近 38 年了。王老师一直从事外语教学和班主任工作，担任过清华附中的团委书记，外语教研组组长。当时我只知道王老师是个深受学生爱戴的好老师、好班主任，但不知道他还会写诗歌。

　　我是理工科出身，不大懂诗词。王老师把他的诗歌集寄给我，是我生平第一次一下子阅读这么多的诗词。没想到，读后却让我心潮澎湃，深受感动。

　　1969 年，王老师 15 岁就"上山下乡"去了内蒙古生产建设兵团，1974 年 20 岁时，保送上了清华大学科技英语班。1977 年 23 岁到清华附中执教，至今一直忙于教学与管理。开始我很好奇，他是什么时候学习写诗歌的？又怎么能使诗歌"从心中不断地涌出"？

　　读了《青春岁月》的部分诗歌，我得到了一些启示。原来他在建设兵团"渴望知识，渴望学习"，就利用干活之余"读书，写作"。他在书中描写的宿舍生活，床头的"立志铭"，枕边有"一本本钟爱的图书"，并"一次次与大师们彻夜长谈"，更重要的是王老师有颗博爱之心，爱学生、爱生活、爱大自然，深深的爱产生了浓浓的情，他"深深地爱着祖国"，"深深地爱着生活在这片土地上的人民"。所以他触景就生情，诗歌就会从心中不断地涌出。

　　作为一个 20 世纪 50 年代出生的人，王老师在诗中展现了那代人在经历了生活的坎坷后对人生的探索，在写他的学生、同事和友人时，不仅歌颂他们为社会服务和献身的精神，更多地从中探讨了"人生的价值和生命的意义"。

　　王老师从众多让他感动的人生中吸收养分，铸成了他的诗歌集，诚如王老师所说："是生活感动了我。"

　　王老师之所以要歌颂为社会服务和奉献的人们，是因为他们的"心"和"情"是相通的，他们的人生追求是相同的，保尔·柯察金的名言是他们共同的"座右铭"，"为人民服务"是他们共同的人生目标。在《保卫北京》诗歌中提出："只有给大多数人带来幸福，个人才有真正的幸福，只有给社会带来价值，生命才有价值。"我想，这就是王老师的"幸福观"和"价值观"。

　　王老师在来清华附中前就入了党，是一个很有理想的青年教师，在清华附中这个优秀的集体中又不断地成长，在《紫荆花下》中我还看到了王老师人生价值观形成的历程。他生在一个革命军人的家庭中，从小就受到良好的家庭教育，15岁，去了建设兵团，在"生命之海"中体验了艰苦、建立了友情、了解了国情、构筑了梦想。22岁，还是学生时就参加了"唐山大地震"抗震救灾，经历了生死考验，锤炼了坚强意志。王老师不断地从他歌颂的众多人物身上汲取精神的力量，从讲述的每个故事中领悟生命的意义，他写道"生命不是索取，生命是给予"。读王老师的诗歌选，也让我饱餐了精神食粮，吸收到了丰富的"优质营养"。

　　王老师的诗歌显示了他对所从事的教育事业的热爱和重视。他把学校比作"净土"和"圣殿"。"灵魂在这里启迪"，"心灵在这里滋养"，"理想在这里起飞"。他发誓："用忠诚守护这块净土"；他呐喊："用生命营造这片绿阴"；他行动："在这里，我们塑造高尚的灵魂"。

　　他把教师的事业，比喻为"泥土的事业"，"把全部的营养都献给根，让根在你怀抱里发芽、成长"。我觉得这个比喻既贴切，又生动。长成大树可以做建房的栋梁之才；长出粮棉可以解决人们的温饱；长出药材可以济世救人；长出鲜花可以美化世界……但土地本身不能被污染，因为长出毒草和毒品将危害人类。

　　王老师的诗歌集中有30多篇讲述了清华附中的人物和故事。这些诗歌反映了我校教师和学生的精神风貌，也从多个侧面折射了清华附中"全面发展，德育为先，学有特长"的教育教学思想。

　　《副总理与母校》《保卫北京》讲述了两位校友的故事，说明了学生培养目标的首要任务是打好"做人"的基础。《雅典娜》表述了学校应教给学生的"能力"和"素质"。

　　《英语戏剧比赛五首》描述了学生英语学习的"课外实践活动"

情况，呈现了清华附中重在培养学生"学习知识和运用知识的能力"，反映了清华附中在探索实践"第二渠道"（以学生自己动手动脑为主、以实践为主、以运用知识和获取知识为主）培养学生"能力"的一个场景。

《赞美你的生命》讲述了一位 20 世纪 60 年代身患残疾的优秀作家史铁生校友的故事，是清华附中"自强不息"精神在校友身上的集中体现，也揭示了"生命的意义"，读来让人动容。

师生之情和感恩母校是《紫荆花下》的又一特点。王老师是一个感恩的人，他也在不断地引导他的学生感恩母校。在《当老师有瘾》《二十年前，你们在这里出发》《二十年后，让我们再次相聚在银杏树下》《石碑的诉说》……叙说了清华附中校友毕业二三十年后重返清华附中聚会的情景，描述了校友们对母校、对老师浓郁的师生情。

《写在老校长铜像的揭幕仪式上》描述了校友们对老校长万邦儒深深的感激之情。万校长常说："学校办得好不好，不能凭升学率，而要看毕业生对社会的贡献。"而今校友们的社会表现和他们对母校的如此深情，如果老校长有知，可以安息了。作为万校长多年的同事、战友，我也为他高兴，为清华附中自豪。感谢王老师的诗歌给我带来的感动。

清华大学附属中学原党总支书记

冯庆延

2015 年 3 月 26 日

前　言

罗曼·罗兰说："这个世界上有一种真正的英雄主义，就是在认清了生活的真相后依然热爱生活。"我不是英雄，但是我热爱生活，愿意拥有一种英雄的情怀，更愿意用我这支笨拙的笔去歌颂英雄，学习英雄，特别是那些"平凡的英雄"。

我们这代人，经历了一个特殊的年代。12岁遇上"文革"停课"闹革命"，父亲受批判，后被分配到四川山区工作多年，母亲去河南干校。我15岁上山下乡到内蒙古生产建设兵团。在军垦五年多的时间里，我上了人生的第一所大学，在那里学会了各种农活，脱坯、打墙、种地、盖房、开荒、挖渠、骑马、喂羊、在冰上割苇……也干了一些幼稚可笑的和神圣庄严的事：挨饿时，一群人躺在炕上"精神会餐"，聊自己吃过的各式美食；吃不上肉，到沙丘里抓刺猬，烧刺猬肉吃；偷骑老乡的马，被摔得半天爬不起来；春寒料峭，为堵住垮塌的渠口，跳进刺骨的冰水；争先恐后地为受伤的战友输血；为探讨真理借来《资本论》啃了又啃……

虽然年轻时遇到了一些坎坷，但随着年龄的增长，我越来越觉得：只要你真诚地面对生活，生活不会亏待你。相反，苦难和挫折会成为一种不可多得的精神财富。只要努力积极地面对生活，生活会回馈你。我的诗就是生活对我的一种馈赠，生活是我诗之源。

我真正接触文学是在乡下的煤油灯下开始的，尤其是一天劳动后，不仅身体疲惫不堪，精神生活也经常匮乏苍白，每当这时，拿起一本刚从朋友那里"抢"来的好书，就会感到充实和愉快，即使每次都把鼻孔熏黑，但还是乐此不疲。记得有一次，因为在蚊帐里点蜡烛看书把蚊帐点着了，搞得大家一通忙乱……是文学给我黯淡的生活带来了光明，甚至还萌发了小小的文学梦。后因忙于英语教学，文学梦也就夭折了。1977 年 11 月，我在清华大学科技英语专业毕业后直接分配到清华附中教英语，一教就是三十多年。

我热爱教育，并一直认为教育本身就是一首诗，它能把小苗变成参天大树，把丑小鸭变成白天鹅，让野蛮变成文明，让懦弱变得坚强，让无知变博学，让普通变优秀。中学老师虽然不可能个个是诗人，但都应该有诗人的情怀。中学老师应该把自己的教育实践变成教育诗篇。难道我们每天在校园里平凡的劳动就不能是美丽的诗篇吗？多年来，我的诗就是在这些平凡和看似琐碎的劳动中产生的，那些看似平常的事时时在感动着我，教育着我，即便是学生们一次动情的诗朗诵，在大赛中捧杯，也会让我热泪盈眶，激动难眠。

我非常欣赏一句话"教育的灵魂就是灵魂的教育"。其实灵魂也不是教育出来的，特别不能用空洞的说教教育出来，而是用美好的事物感化和熏陶出来的，是在美与丑的比较中引导出来的。我觉得诗歌在这方面有着非同寻常的作用。诗歌可以培养人的情操，滋养人的情感，升华人的道德，净化人的灵魂，还可以扩展人的视野。中华民族几千年所传承下来的优秀诗篇有那么丰富的精神养分，是我们取之不尽的精神源泉。

我写诗，还因为我在清华大学这个大环境里学习工作生活了四十多年，这是一个有诗的地方。紫荆花下，莘莘学子；巍巍学堂，穷尽真理。外寇入侵，多少赤子弃学从军，慷慨赴死；国防科技，多少志士隐姓埋名，以身许国；三尺讲台，更有多少智者默默耕耘，不计名利。在这块生生不息的土地上，过去、现在，都发生过那么多有声有色的故事，将来也一定会发生更多有声有色的故事。我要做一个时代的记录者、精神的传承者。

我读诗、写诗，还因为诗能感染我，给我力量，给我启示。我不喜欢矫揉造作、无病呻吟，我喜欢真实向上、积极乐观的诗，并愿意用这种情绪来影响我和我的同事、我的学生。我努力在生活中去发现美的和闪光的事物，唤起内心积极向上的"精神生命"。我想，如果能在培养出优秀学生的同时，也创作出无愧于时代的教育诗篇，那该是一件多么有意义的事啊！

我从 1977 年 11 月开始，到 2014 年 10 月退休，总共教了 32 年英语，做了 5 年多国际部的教学和管理工作，目前在清华附中国际教育中心工作。三十多年来，我主编或参编了近百本英语辅导和教学参考书，也做了大量有关英语学习的讲座和报告，包括在电视台和网站。

但出版个人的诗歌集还是第一次，心里总是不踏实。因为写诗的历史很短，实际上还是个外行。下乡时读了点诗，上大学时写过几首，工作后因为教学忙，几乎没有怎么写过，直到 2000 年暑假高三教师一起去西北旅游，才又开始写。这一开始就放不下了。2009 年做教学和管理时写得就更多了。因为那时我负责联系语文组，听课、议课，和组里老师交流语文教学比较多，把我年轻时对文学、对诗的兴趣又勾了起来。和语文老师们谈诗，向他们请教诗是我工作中最愉快的事。可以说，没有他们的鼓励和帮助，我的诗集根本就不能完成。有位语文老师的父亲是位军队的离休老干部，不幸患上癌症，在住院和在家养病期间，那位老师把我写的诗给她父亲看，老人家很喜欢。老人去世后，这位老师对我说，父亲很喜欢我的诗，那些诗给病中的父亲带来了很多慰藉。我听后很欣慰。我真希望他是带着对人生美好的记忆和感动离开这个世界的。

在本书付梓之前，我的心里充满了感恩之情。我要借清华附中百年校庆之际，感谢 40 年来在我学习和工作成长道路上批评和帮助过我的人，感谢同我一起创造新生命的我的学生们，并衷心地感谢清华附中本部和国际部语文组的老师们。他们是刘建钰、寇晓东、师玫、雷乔英、吴哲、白文婷、祝芳、陈媛媛、胡静、赵岩等。我还要特别感谢我的老友魏新志、徐卫新以及闫梦醒老师夫妇的热心帮助和指导。在这里还要特别感谢为译文提出宝贵意见的，我在清华附中国际教育中心的同事 Wendell R. McConnaha 教授。

人们常说写诗"功夫在诗外"。何谓诗外功夫，人品、学识、才艺、逻辑思维和分析批判能力，丰富的生活阅历，敏锐的眼光和细腻的情感，不一而足。总之，真正的诗人应该有深刻的思想和不同凡响的人生。我在诗歌上只是做了一点小小的尝试，错误和缺点肯定不少，离真正的好诗还相差很远。我将不断努力。

王英民

2015 年 4 月 20 日

/ 目 录 /

清华风骨

教学人生

青春岁月

亲情·友情

生命感悟

山川放歌

清华风骨

西山苍苍，东海茫茫，吾校庄严，巍然中央。
东西文化，荟萃一堂，大同爰跻，祖国以光……
自强，自强，行健不息须自强。

——摘自清华老校歌

副总理与母校

——记刘延东副总理 2014 年 7 月 4 日访母校清华附中

想起你
总有一种难以描述的情怀
想起你
总有一种难以抑制的感动
那是
一生中牵肠挂肚的地方
一生中难以磨灭的记忆
那是灵魂的起点，生命的丰腴
五十年前慈爱的母校
五十年前那面鲜亮的党旗

当荷花又开满荷塘
淡淡的清香弥漫了清华园
当年的中学生，今日的副总理
说着，笑着，走着，看着
终于回到了五十年前的校园
走过当年自己动手修建的操场
坐在当年的教室里听课
心情啊！
如滔滔的江水起起伏伏、翻转不息
耳听学校五十年的沧桑
面对敬爱的老校长的雕像
那深蕴在心里的泪珠一下子涌上了眼眶

像远行的儿女回家
面对母校有千言万语

告诫小同学

光阴似箭要珍惜时光

嘱咐刚刚入党的同学

做人最重要的是有方向

鼓励"八连冠"的篮球队员们

要为体育强国而努力

教导青年学生们

不顺利不是坏事，要经得起磨难

勉励在校的领导们

为国分忧，勇于探索

用改革的精神面对教育

说不完的教育，道不完的感激

五十年漫漫人生路，五十年悠悠母校情

带着对母校的留恋，带着对教育的思索

就要分别了！我们敬爱的学长

让我们衷心地道一声珍重

无论走了多远，无论离别多久

母校和你的心永远在一起！

2014 年 7 月 17 日

 刘延东是清华大学附属中学建立高中后发展的第一个学生党员。

Vice-premier and Her Alma Mater

To mark the day when vice-premier Liu Yandong visited Tsinghua High School.

When thinking of you
There is always a feeling that is hard to describe
When thinking of you
There is always a kind of emotion that can't be controlled
Such is
The place you can't separate from your life
The memory you can't wipe from in your being
Here is where your soul first awakened
Here is where your life began to flourish
The alma mater you studied fifty years ago
The brilliant banner of Party that glowed in your life fifty years ago

When the lotus flowers were in blossom
And their fragrance spread around Tsinghua campus
Once a student, today a vice-premier
Talking, smiling, walking and looking around
At last she came back to her alma mater
Walked by the playground
Which she participated in building with her classmates
Sitting in what was once her classroom observing the students
How exciting!
Her feelings like waters of the Yangtze River
Rising and falling
Hearing about the great changes from the past fifty years
Facing the sculpture of her former principal
The tears latent in her heart suddenly came into her eyes

Like a daughter who came home from far away

There are thousands of words to say when facing family
Telling the young children
Time flies be sure to treasure it
Asking the youth who just joined the Communist Party of China
To conduct themselves properly is extremely important
Inspiring the basketball players
Who have won eight national championships
To work hard in sports for the power of the nation
Telling all the students
Frustration is not a bad thing
To be ready for suffering
Encouraging the school leaders
To share the worries of the nation
To make things different
To be creative and think critically
Endless talk on education
Endless talk in gratitude

Fifty years make a long path in life
Fifty years create long memories of the school
Our dear alumna
We will depart soon
With the memory of our alma mater
With the consideration of education reform
Let us say "take care" heartily
No matter how far you go
No matter how long you would be away
Our alma mater and you
Will always be in our heart

July 17, 2014

🌸 Liu Yandong is the first student Party member of Tsinghua High
School.

那紫红紫红的紫荆花……

——悼念在"三·一八"惨案中牺牲的清华学生韦杰三烈士

你仰卧在石头地上
向着太阳
眼睛里充满怒火
血从身体几处冒了出来
那殷红、殷红的血
不断地
从你那年轻的身体中喷涌
流淌在
"执政府"前的石头地上
那是不愿受屈辱的血
那是不愿做奴隶的血
那是宁可粉身碎骨
也要唤起民众的血！

这年轻的血，二十三岁的血
流进了清华园
融入了清华人的血液
流入了清华人的心脏
那殷红、殷红的血
浇灌了五月的鲜花
也浇灌了清华园里的紫荆花
那紫红、紫红的紫荆花呀
多像你那短暂而美丽的生命！

于 2013 年 4 月 4 日清明节

韦杰三，1925 年考入清华大学。1926 年 3 月 18 日参加了北京各界在天安门举行的抗议八国通牒国民大会及示威游行，游行到段祺瑞执政府时遭枪击，腹部连中四弹，血流不止。于 3 月 21 日去世，年仅 23 岁。临终遗言："我心甚安，但中国快要强起来呀！"韦杰三烈士遇难后，清华学生从圆明园中搬入一断碑，立于清华图书馆前，以此纪念韦杰三烈士，喻意宁为玉碎，不为瓦全。

黑暗中的"红烛"

——悼念闻一多先生

红烛啊
你在勇敢地燃烧
阴风袭向你
你傲然挺立
黑暗包围你
你泰然处之
魔爪伸向你
你横眉冷笑

红烛啊
你在热烈地燃烧
你在黑暗中抗争
你在为自由而呐喊
为被压迫的灵魂伸张
你在向旧世界宣战
你在做——最后的演讲

红烛啊
你在痛苦地燃烧
你燃烧时为何泪水涟涟？
是为你千疮百孔的家园？
是为那失去亲人的孤儿？
是为那些流离失所的人们？
还是为你在黎明前倒下的挚友？

红烛啊

你在愤怒地燃烧

你要聚集你全身所有的能量

要把这行将腐朽的大厦烧毁

即使生命殆尽

即使蜡炬成灰

也要为新世界带来光明!

于 2013 年 4 月 4 日清明节

闻一多,清华大学,西南联大著名教授、诗人、文学家。1946 年 5 月 15 日,闻一多抗议国民党暗杀民盟党员"七君子"之一的李公朴先生,在李先生的追悼会上的演说词即为著名的《最后一次演讲》,回家途中遭国民党特务暗杀。《红烛》是闻一多先生的著名诗作。

不屈的荷塘

——悼念朱自清先生

你曾是月光下美丽的少女
婷婷于碧水之上
出淤泥而不染
静谧皎洁，轻纱曼舞
娇羞欲语，楚楚动人

你曾是春夜里多情的少年
徜徉于西子湖畔
沉醉于秦淮灯影
望背影而垂泪
思故乡而情伤

你曾是空山中儒雅的君子
神游于云山雾海
闻琴声袅袅沉思
观流水缓缓低吟
叹日月匆匆而过

如今——你是严冬来临时的勇士
不惧凛冽的西风，傲视满天阴霾
虽枯叶落尽，百花凋零
亦变为冰川也傲然挺立！
你这美丽——不屈的荷塘啊！

朱自清，清华大学教授、文学院主任，现代著名散文家、诗人、学者、民主战士。《桨声灯影里的秦淮河》《荷塘月色》等是其传世佳作，其中《背影》《荷塘月色》更是脍炙人口的名篇。抗战胜利后，朱自清因美国政府支持蒋介石打内战，拒绝在领美国救济面粉的协议上签字，后患严重的胃病，不幸逝世，年仅50岁。毛泽东称赞他"表现了我们民族的英雄气概"。

在罗布泊，那腾空而起的蘑菇云……

1964 年 10 月 16 日，我国在新疆罗布泊地区成功地进行了首次核试验，从此结束了"核讹诈"时代。

有没有比你更遥远神秘的地方，罗布泊！
有没有比你更荒凉寂寥的戈壁，罗布泊！
有没有比你的驻守者更顽强执着的勇士，罗布泊！
有没有比 1964 年 10 月 16 日更神圣的时刻，罗布泊！

没有比你更遥远神秘的地方，罗布泊！
没有比你更荒凉寂寥的戈壁，罗布泊！
没有比你的驻守者更顽强执着的勇士，罗布泊！
没有比 1964 年 10 月 16 日更神圣的时刻，罗布泊！

那一刻，在你的上方腾空升起一团蘑菇云
那一刻，我们有了自己的倚天屠龙刀
那一刻，寂静的戈壁一片欢腾
从士兵到元帅，从百姓到总理
多少人满含着热泪
那一刻，我亲爱的同胞扬眉吐气
九百六十万平方公里的土地上
到处是欢乐的海洋

那一刻，遥远的地方不再遥远
荒芜的土地上立起了一座新城
那一刻，宣告了一个时代的结束
那一刻，成为新中国发展史上又一个里程碑

再也不用担心侵略者的军旗在我们的土地上任意飘扬
再也不用担心侵略者的飞机在我们的头顶上肆意轰炸

再也不会看见在战火后的废墟中
呻吟的母亲和啼哭的婴儿
再也不会听见那些侵略者
指着我的同胞的尸体说：
"这就是劣等民族的下场。"

啊！骄傲吧，罗布泊！
为我们崛起的民族
为驻守在这里创造世界奇迹的人们
为那些隐姓埋名以身许国的英雄
为那些不畏艰难锻造屠龙刀的勇士们
历史不会忘记他们
也请记住他们两位重要领导人的真实名字
清华学子王淦昌、邓稼先

王淦昌，1929 年毕业于清华大学，中国核武器研究的主要奠基人之一，"两弹一星"功勋奖章获得者。

邓稼先，1941 年考入西南联大物理系，中国核武器研制与发展的主要组织者、领导者，"两弹一星"功勋奖章获得者。

中国的贞德，民族的荣光

只要唤醒人民，中国就不会亡。

——陆璀

当侵略者手拿屠刀步步紧逼
当卖国贼认贼作父拱手相让
"当华北之大，已经安放不下一张平静的书桌了"
紫禁城下
一名 21 岁的清华女生
跳上高台，高声质问
"今日之北平，到底是谁家之天下？"
看吧
铁蹄已经踏进我们的家门
魔爪已经扼住我们的喉咙
快用我们的臂膀
快用我们的身躯
挡住刺向母亲的刺刀
用我们的血肉之躯筑起新的钢铁长城

八十年前紫禁城下的振臂一呼
震荡了将近一个世纪
纤细的手臂
托起民族的大义
娇小的身躯
担起男人的责任
声泪俱下的演讲
唤起多少民众的共同心声
手拿话筒泣血呐喊的英姿
犹如圣女贞德在战场上的振臂高呼
永远定格在历史的画卷中

你是清华的精灵
你是中国的贞德
你是民族的荣光

2015 年是 "一二·九" 运动 80 周年。1935 年，陆璀参加了 "一二·九" 运动。当时她是清华大学社会学系四年级的学生，学生救国委员会委员。1935 年 12 月 16 日，陆璀又组织参与了第二次规模更大的游行示威，她在示威活动中被捕，被关进了警察局。在被警察逮捕时，埃德加·斯诺正在现场，他跟踪到警察局，在警察的包围中，他对陆璀进行了一次特殊的采访，并当即发出了一条 "独家新闻"，用了一个引人瞩目的标题——《中国的贞德被捕了》。这篇报道在美国的报纸上登出后，引起很大的反响。

1949 年 10 月 1 日，陆璀与蔡畅、邓颖超、康克清等人一起站在天安门城楼上亲历了开国大典。她曾出席了 1948 年、1953 年在布达佩斯和哥本哈根召开的国际妇女代表大会和 1949 年、1950 年在巴黎和华沙举行的世界和平大会，并当选为国际民主妇联执行委员及世界和平理事会理事。

2015 年 2 月 16 日，中国人民对外友好协会原副会长陆璀同志，因病医治无效，在北京逝世，享年 100 岁。

圣女贞德是法国的民族英雄、军事家、天主教圣人、法国人民心中的自由女神，被法国人视为民族英雄，也是历史上唯一能在 17 岁时就指挥国家大军并取得胜利的少女。

生命之光

你是那奔向江河的涓涓细流
不停地流淌
即使剩下最后一滴水
也要流向江河
你是那巍峨大厦下的一块基石
百年岿然不动
即使磨损，断裂
也要顽强支撑着大厦
你是火塘里最后燃烧的一块木炭
即使行将熄灭
也要把最后的光和热传给他人
你是那农田里昼夜劳作的耕牛
即使疲惫不堪
也义无反顾地前行
你是贫困生世界里的普罗米修斯
你用最后的生命之光
照耀贫困生前进的道路
你让整个清华，不，整个中国感动！

2012 年 11 月

赵家和，一位清华大学的退休老教授，虽耄耋之年，且重病缠身，却用毕生的积蓄来资助西部地区的贫困学生。他从一开始，只使用"兴华助学"的名义和"退休老教授"的称号，坚决谢绝所有媒体的采访要求。就这样隐姓埋名，默默奉献直至生命的最后一刻。2012 年7 月 22 日，赵家和溘然长逝，他的遗愿是："每一笔钱都要用在贫困学生身上。"

写在老校长铜像的揭幕仪式上

在刚刚落成的老校长铜像前
走过来原来的学生
第一个附中入党的学生党员
现在身系国家重任
她深深地向铜像鞠躬
轻轻地揭下遮在上面的红绸

在刚刚落成的老校长铜像前
走过来原来的市级"三好生"
现在的清华大学教授、学院的院长
面对铜像，他已泪流满面
缅怀校长的一生
他有着无限的感慨

在刚刚落成的老校长铜像前
推过一架轮椅
轮椅上坐着过去的学生
当今著名的作家
作家默默地注视着铜像
无限怀念涌上心头

在刚刚落成的老校长铜像前
走过来一群新中国的同龄人
他们和新中国一同经历过患难
见证过附中的风风雨雨
他们眼含热泪，怀念自己的引路人

在刚刚落成的老校长铜像前
走过来一群附中的青年教师

他们是附中的新生力量
担负着继往开来的重任
他们满怀崇敬，决心像老校长那样献身教育

在刚刚落成的老校长铜像前
走过来更加年轻的一代学生
他们或许正在纳闷
为什么国家领导人会来为铜像揭幕
为什么教授会泪流满面
为什么老学长对他无限敬仰
当他们面对老校长那坚毅的目光
他们又似乎明白了什么

啊！
一位校长，一种精神
一位校长，一生榜样
一位校长，一所名校
一位校长，一批名师
一位校长，一代精英
生生不息，代代相传
薪火不灭，永远燃烧

于 1992 年 10 月 25 日万邦儒校长铜像揭幕仪式上

啊！那棵忠诚的白杨

——万邦儒校长追思会有感

好像
你从来没有离开过
二十三年过去了
你仍然伫立在我们心里
高大，伟岸

晴空万里时
你是飘扬的旗帜
你是冲锋的号角
你是热烈的山风
你是呼啸奔驰的车头

风雨如晦时
你是忍辱的耕牛
你是驮重的老马
你是冒雨飞翔的头雁
你是不屈的山鹰

云开雾散时
你是亲切的师长
你是慈祥的父亲
你是激情的歌手
你是摇橹的艄公

你就是
那棵忠诚的白杨

日夜守护在青春的校园

于 2015 年 6 月 8 日万校长忌日

　　万邦儒，1928 年出生于四川省眉山县（现为眉山市），1948 年考入清华大学历史系，1949 年加入中国共产党，1960 年担任清华大学附属中学校长，1992 年因心脏病突发逝世。他把毕生精力献给了祖国的教育事业和清华附中。他率领清华附中几代教职员工和学生，经过三十多年的艰苦奋斗，把清华附中建成了享誉全国的著名学校。1993 年 9 月，他被国家教委追认为"全国优秀校长"。去世后骨灰安放在清华附中校园内新栽的松树下。

热爱学习，让生命精彩

—— 献给钟道隆将军

你是一粒热爱学习的火星儿
掉到哪里
哪里就会燃起一片学习的激情

你是一粒顽强的学习种子
即使掉进沙漠
也会长成一棵知识的大树

你是一颗坚韧无比的鱼雷
即使学习的阻碍如几层钢甲
你也能把它们一举穿透

你是一滴滴持之以恒的水滴
即使学习的困难如巨石般坚硬
你也能刚柔并济，水滴石穿

"何以解忧，唯有学习"
何谓快乐，唯有学习
学习是你意志的磨刀石
学习是你生命中的欢乐谷
热爱学习
你让智慧闪光
热爱学习
你让生命精彩

钟道隆将军是清华附中初 50 届校友，也是我多年的朋友、学习的楷模。他 45 岁开始学习英语口语，一年后成为翻译。他 52 岁自学计算机，十几年写出 50 多本书。他 57 岁学习记忆法，能背圆周率 1000 多位数。他是"逆向英语"的创立者，也是复读机的发明者。

"何以解忧，唯有学习"是钟道隆将军的口头禅。

保卫北京

——献给"北京榜样"廖理纯及他的公益团队

沙漠正在一步步走向你
风沙正在你的身上肆虐
树木正在一棵棵干枯，死掉
你笼罩在一片沙尘暴中
我擂着你的胸脯
大声呼喊
你不是我的北京！

大街上人们都戴着纱巾、口罩
每个人的家里都紧闭着窗帘
人们不再去公园春游
因为在风沙中看不见花开
我摇着你的臂膀
大声哭诉
你不是我的北京！

保卫北京
这是一场博弈
一场保卫生态的博弈
这是一场战争
一场防治沙化的战争

保卫北京
北京人要担当
中国人要担当
青年人要担当
人类要担当

保卫北京
八年前，你投身公益，自掏经费
带着一群人，走进张北，走进内蒙沙漠
八年后，这里长出百万棵树苗

多少次，塞外的风看见你痛苦的表情
为了那被羊啃去的几千棵树苗
多少次，初春的朝阳目睹你失望的神情
因为那些要来植树人的失约
多少次，晚霞看见你难过的泪水
为的是已经成活两年的小树苗因缺水而死
还有多少次，塞外的月光透过窗户
看见疲倦的你在熟睡中微笑
好像在梦中梦见了沙海变成了绿洲
说不清又有多少次，刚刚长起的树苗看见你
挥锹奋战沙丘的身影
由此你被人们亲切地叫作"锹王"

保卫北京
你在用行动告诉世界
植树造林，阻止沙化
即使倒下也要变成一棵树
防风护林，固沙防尘

保卫北京
你在用行动向下一代承诺
我们用生命去捍卫绿色
我们把生命融入青山绿水

保卫北京
你想用行动告诉同辈人
只有用行动践行理想
理想才有意义
只有给大多数人带来幸福

个人才有真正的幸福
只有给社会带来价值
生命才有价值

保卫北京
你的行动是在践行崇高
是在人们的心中播种
播下的是理想，是希望
理想终会开花，希望孕育结果

保卫北京
刻不容缓
我好像看见塞外沙漠上
沿你走过的一行行足迹
跟上来一批又一批青年
我又好像看见塞外沙漠上
你走过的一行行足迹
瞬间变成了一排排高耸的白杨
你走过的一行行足迹
将会引导更多人走向新的人生目标
向你致敬，北京榜样
廖理纯！

廖理纯是清华大学附属中学 1981 级学生，当时并不出名。三十多年后，2014 年，他成为北京"十大榜样"之一，成为家喻户晓的人物。我为他而骄傲。

当你回首往事的时候……

人最宝贵的东西是生命，生命对于我们只有一次。一个人的生命应当这样度过：当他回首往事的时候，他不因虚度年华而悔恨，也不因碌碌无为而羞愧……

——奥斯特洛夫斯基

清晨
当太阳冉冉升起的时候
心电图里那条曲线却缓缓变直
最爱给学生讲保尔那句名言的教师
终于驾鹤西去了

多少次与命运抗争
多少次同死神博弈
你是如此从容
又是如此坦然
是不是你已经觉得春蚕到死
是不是你已经觉得此生无憾

再读你的履历
那每一个人生台阶上闪光的足迹
我忽然觉得
这句名言是你一生奋进的号角
我不知道
在你最后像法官那样审视你的一生时
会不会露出欣慰的笑容

我甚至突发奇想地认为
在你的告别仪式上
听到的不应该是哀乐

而应该是你爱听的——
共青团员之歌
和那段永远激励你前行的
保尔·柯察金的名言——
当你回首往事的时候……

2014 年 7 月 23 日

杨德骥先生，20 世纪 60 年代至 80 年代担任清华附中高中语文教师。80 年代后曾任教导主任、副校长。90 年代中期退休。

惊悉杨德骥老师病逝，万分痛心。特作诗告别。

为你骄傲

——献给清华附中百年诞辰

浪花以海洋为骄傲
因为大海给了它宽广的怀抱
它才能够融汇百川、奔腾呼啸

鲜花以大地为骄傲
因为大地的朴实和奉献的养料
它才能够千姿百态、花红叶茂

大树以森林为骄傲
因为森林给了它坚强的依靠
它才能够傲然挺立、不屈不挠

白云以蓝天为骄傲
因为蓝天对光明的追求和向往
它才能够越飞越远、越升越高

骏马以草原为骄傲
因为草原的广阔和无边的水草
它才能够追风踏月、纵情跳跃

渔船以港湾为骄傲
因为港湾给了它温馨的拥抱
它才能够不畏惊涛、不惧海啸

士兵以军旗为骄傲
因为军旗给了他神圣和自豪
他才能够勇敢战斗、争取捷报

学子以母校为骄傲
因为母校的呵护和教导
他才能知道自己从哪里来，要走什么道

我们以清华附中为骄傲
她给了我们
大海的胸怀
大地的朴实
森林的坚强
蓝天的追求
草原的广阔
港湾的宁静
军旗的呼号

她给了我们
丰富的学识
聪慧的头脑
事业的阶梯
人生的密钥

她给了我们
担当的天职
报国的情操
奋斗的潜能
创新的诀窍

啊！
桃李满园、紫荆花绕
百年清华附中
我们为你骄傲

Proud of You

To Tsinghua High School，I dedicate this poem in token of the celebration of your one hundred year anniversary

A wave is proud of the ocean
Which offers the surf a broad embrace
So it can unite with hundreds of rivers
And roll and roar on and on

A flower is proud of the earth
Which is plain and offers rich nourishment
And keeps flowers growing vigorously
And in blossom all the time

A tree is proud of the forest
Which gives the tree strong support
So the tree is able to stand firmly and unyieldingly

A cloud is proud of the blue sky
It could fly further and higher
Just because of the pursuit of the blue sky for
Bright shining light

A horse is proud of the grassland
Which offers the horse rich grass and water as well as vast space
So the horse is able to enjoy jumping and galloping at will

A fishing boat is proud of the harbor
Which gives the boat comfort and a loving hug
So the boat is not afraid of the big wave even the tsunami

A solider is proud of the army banner

Which gives the solider holiness and pride
So he is able to fight bravely and win the victory

A student is proud of his alma mater
She takes care of and cultivates the student
So he knows where he came from and
Which road he should follow

We are proud of Tsinghua High School
For
She gives us a horizon as broad as the ocean
She gives us simplicity as humble as the earth
She gives us a strong will as firm as the forest
She gives us anticipation as unwavering as the blue sky
She gives us space as vast as the grassland
She gives us peace as calm as the harbor
She gives us pride as the calling of the army banner

She gives us rich knowledge and intelligence
She gives us the ladder for our career
And the important key to the success

She gives us commitment of mission
The sentiment of devotion to the country
The capacity for striving
And our flair for creation

Ah! My alma mater!
You are surrounded by students
Like the peach and the plum blossoming
Out beautifully everywhere in the garden
And the bauhinia flowers are blooming around them
With your centennial celebration approaching
Tsinghua High School
We will be proud of you forever

我还是担心，我配不上你的名字

你的名字是如此响亮
即便不经意地说出
也会让周围人羡慕

你的名字是如此荣耀
每一个受过你恩泽的人
都会把你铭记

你的名字是如此亲切
哪怕走过千山万水
也会把你惦念

从走进你的第一天
你的名字就同我紧紧连在一起
从离开你的那一天
你的名字就时刻装在我的心里
我知道
你的名字已经融进了我的一生

无数次
我深情地注视着你的名字
我看见你身后走出那一个个熟悉的身影
无数次
我轻轻地念着你的名字
我看见你的名字后面竖起一座座丰碑

虽然
我的名字也会出现在一些公众媒体
虽然

我的名字前面也会冠上一些无关的头衔
但是
我还是担心，我配不上你的名字
因为你的名字叫——清华

这一天，属于清华

2015 年 6 月 27 日，从马来西亚吉隆坡传来消息，清华附中国际部高中组在"世界学者杯"比赛中，从全球 40 多个国家 500 多支队伍中脱颖而出，获得冠军。喜讯传来，夜不能眠。作诗一首以纪念。

这是难忘的一天
美丽的吉隆坡
云雀在云顶上歌唱
双子峰在阳光下闪烁
木槿花在盛夏里怒放
太平洋水在齐声欢呼

这是难忘的一天
世界学者杯在这里举行
40 多个国家，500 多支队伍
2700 多名小小学者
那一张张青春的笑脸
那一次次聪慧的对话

这是难忘的一天
一个个智力的博弈
一次次脑力的竞技
组织者庄严地宣布了一个名字——THIS
全场起立为之欢呼
闪光的奖杯，激动的泪水

这是难忘的一天
吉隆坡，请记住这难忘的一天
这一天
将永远记载在学者杯的历史里

这一天，属于中国

这一天，属于清华

世界学者杯（The World Scholar's Cup，WSC）是一个全球范围的团体学术性比赛，始于 2009 年，主办方为美国竞赛组织 DemiDec 以及耶鲁大学的国际关系学院和辩论协会。

THIS，Tsinghua International School，即清华附中国际部的英文缩写。

The Day，Belongs to Tsinghua

On the 27th of June，2015，news came from Kuala Lumpur of Malaysia that our THIS high school students won the championship in The World Scholars Cup over 500 teams from 40 countries. The incredible news kept me awake，so I composed a poem in honor of the victory.

It is a memorable day

Kuala Lumpur is glorious

The larks sing on the top of clouds

Petronas Twin Towers glitter in the sun

Hibiscus bloom in the midsummer

The Pacific Ocean cheers

It is a memorable day

The World Scholars Cup is held here

40 countries，500 teams

2700 young scholars

Those joyful faces

Those conversations full of intelligence

It is a memorable day

The intellectual gamings

The mental competitions

When the host solemnly announced "THIS"
The crowd bursted into cheers
Flashing medals, exciting tears

It is a memorable day
Kuala Lumpur, please remember this impressive day
The day, belongs to China
The day, belongs to Tsinghua

The World Scholar Cup, that is WSC, is a global academic team competition, which was established in 2009, run by American competition organization, DemiDec and also by the International Department of University of Yell, as well as Debating association.

"THIS" means Tsinghua International School.

我同荷塘一起歌唱

——为纪念清华大学合唱团成立 30 周年所作

我同荷塘一起歌唱
荷塘秀丽，水木氤氲
当静静的风吹过这里
我听见荷叶下流水潺潺
同我一起吟唱那些难忘的岁月之歌

我同荷塘一起歌唱
朝阳中的石桥，暮色中的"晗亭"
当世纪之风吹到这里
可曾见证澎湃的激情，生命如歌
三尺讲台演绎着世界风云

我同荷塘一起歌唱
垂柳倒映，燕语呢喃
当春风再起之时
可曾见证青春的绽放，无悔年华
为泱泱我校引领杏坛

我同荷塘一起歌唱
肃穆的石碑，高高的白杨
当秋风萧瑟
小岛上铺满金黄的落叶
古老的荷塘啊
你又在谱写一首崭新的歌
圆梦中华，生死守望

2014 年 8 月 7 日

荷塘位于清华大学校园西部，清华大学合唱团练歌地点工会旁。合唱团三十年来一直在此活动。荷塘中心岛，也称荒岛。岛上有为原北京市副市长、著名历史学家、清华大学校友吴晗先生修建的亭子和回廊。上面有邓小平同志的题词"晗亭"，岸边有一拱形石桥连接小岛。岛上，树木葱茏；荷塘里，荷叶田田，荷花绽放。

I Sing with the Lotus Pond

To the Chorus of Tsinghua University I dedicate this poem in token for your 30 year anniversary

I sing with the lotus pond
The pond is exquisite and is enshrouded by mists
I hear the waters flowing under the lotus leaves
Singing the treasured songs together with me

I sing with the lotus pond
The Stonebridge under the morning sun
The pavilion is covered with light at the day's end
When the century wind blew here
Did you witness exciting events and people?
A three-meter table showed the affairs of the world

I sing with the lotus pond
The willows' reflection is reversed in the pond
Swallows are singing
With a soft spring wind that is passing by
Have you witnessed the flowers of the youth in blossom?
Never regretting the time that has passed
Always working for the school to lead the field

I sing with the lotus pond
The solemn tablet and tall white poplars stand by

When the autumn wind starts

The small island is covered with the yellow leaves

The old lotus pond

You are composing a new song

To realize China's biggest dream

You will wait and see with the passage of time

August 7, 2014

The lotus pond is located in the west of Tsinghua University campus, which is close to the teachers' union, where we have been practicing singing for thirty years. The center island of the lotus pond is called "the desert island" . There is pavilion and long corridor built for an alumnus, former vice mayor, well-known historian Wu Han. On the beam of the corridor was carved the calligraphy "Han Pavilion" written by Deng Xiaoping. There is an arch bridge connected to the island. There are many woods on the island. Lotuses grow well in the pond and flowers are in blossom.

我爱歌唱

2014 年 12 月，为纪念清华大学教师合唱团成立三十周年，团里准备了一台题为《以歌声相约》的演出，我应邀为导演组成员，并撰写节目之间的串词。

（成长）

（一）

我爱歌唱
当紫荆花开的时候
年轻的我走进了合唱团
从此，我与合唱结缘
从走进合唱团的第一天
我就深深地爱上了合唱
我惊奇地发现
团里有清华的"郭兰英"
60 年代校园的"歌星"
团里有教过我的物理老师
老清华乐队的小号手
团里还有校党委副书记
当年校艺术团的团员
从那天开始，我与前辈们为伍
从那天开始，我与歌声相约

（二）

我爱歌唱
我爱清华合唱团
我的团友来自学校的各个单位
机械系、电子系、热能系、化工系……
他们中有教授、副教授、研究员、博导……

也有校医院的医生、图书馆的馆员、校机关的干部
他们天天忙碌在讲台、实验室、办公室
虽然工作各异，职责有别
但他们都有一个共同的爱好
唱歌
虽然年龄不同，性格迥异
但是他们都有一个共同的兴趣
艺术
不管工作再忙，周三永远属于合唱
不管刮风下雨，周三永远在一起歌唱

（三）

我爱歌唱
但歌唱的路上我经历了不少挫折
因为不能达到指挥的要求
我常常被批得"无地自容"
难度较大的曲目
常常让我生畏
曾经几度想要放弃
但每到周三晚上
我又鬼使神差地来到了排练场
是歌唱让我着迷

（四）

我爱歌唱
我珍惜每一次周三的排练
不管是在飞机上
还是在火车上
一有闲暇，我都要拿出歌谱
多少次，我一下飞机就直奔排练场
多少次，我一出办公室就去练唱
常常顾不上吃饭
常常顾不上回家

却也乐此不疲
却也乐在其中

（五）

我爱歌唱
我走到哪里
就会把歌声带到那里
在国际会议结束后的晚宴上
我应邀唱歌，歌惊四座，掌声阵阵
我自豪地告诉我的同人们
我来自清华大学教师合唱团
我想用我的行动告诉他们
清华不仅有科学，也有艺术

（六）

我爱歌唱
我歌唱那些平凡又普通的人
就像一棵棵默默无闻的小草
装扮着大地的美丽
我记得你在台后默默地奉献
我也记得他和她
为演出和排练做的那一件件小事
（整理服装，预订盒饭……）
像一颗颗小小的螺丝钉
自觉维护着机器的运转
默默承载着各种重负

（七）

我爱歌唱
歌唱给了我无数的感动
年逾八十的老教授
因肌肉萎缩住院治疗
可每次周三排练

他依然站在队列里

像一名坚强的士兵

排练结束

看着他在夜幕中踽踽独行返回医院

我的眼睛湿润了

（岁月）

（八）

我爱歌唱

那些发黄的歌谱引起我多少幸福的回忆

中山音乐厅高雅金色的礼堂

清华老校歌在此唱响

北京音乐厅（当时音乐界最高的演出殿堂）

见证了十周年专场音乐会的华丽现身

在《歌声与微笑》中荣获小金人奖的喜悦

与空政文工团共演《江姐》的激动

像一股股春天的暖风

吹开清华园里的一朵朵艺术的鲜花

（九）

我爱歌唱

我爱与我走过艰辛与辉煌岁月的合唱团

百年校庆时隆重的联合演出

像一张清华园里的华丽名片

又一次把我们展示在全校面前

一次次的演出

一次次的获奖

蕴含了我们多少辛勤的汗水

那些难忘的歌声，难忘的历程

早已化作纷飞的彩蝶

在我回忆的天空中飞舞

（十）

我爱歌唱
三十年风雨路程
是前辈的鼓励和榜样让我走到今天
还记得
合唱团成立时
老校长蒋南翔与我们合影
还记得
二十年团庆时著名指挥家聂中明亲临指导
还记得
一届届老团员的离别叮嘱
看青春的豪情接过薪火，再续辉煌

（十一）

我爱歌唱
我歌唱青春，我歌唱理想
三十载，如歌岁月
三十载，岁月如歌
我庆幸这一路有歌声陪伴
我感恩在歌声里成长
从青春唱到中年
又从中年唱到老年
从明亮唱到沙哑
从奔腾呼啸唱到涓涓细流
生命之歌里永远没有休止符

（感悟）
（十二）

我爱歌唱
歌唱是我的生活
是我生活中不可缺失的一部分
我的血液里流淌着激情的旋律

· 45 ·

我的喉头充溢着岁月的风暴
我的胸膛里翻腾着时代的波涛
我的脑海里奔涌着音符的美妙
我要大声地，大声地
歌唱

（十三）

我爱歌唱
因为歌能咏志
歌唱给了我一种心境——坦荡和宽广
我会乐观地面对困难
我会积极地直面人生
我会永远面对着太阳歌唱
把一切阴影抛在脑后

（十四）

我爱歌唱
歌唱使我更深入地领悟到
声音的美妙
歌唱使我更深切地感受到
生活的多彩
歌唱使我更深刻地懂得了
生命的深度、厚度、长度

（十五）

我爱歌唱
歌唱给了我想象的翅膀
歌唱给了我创造的灵感
我想把这种想象和灵感带给科研和教学
让科研充满艺术的创造
让教学充满生命的激情

(心声)

(十六)

我爱歌唱

因为我深深地爱着我的祖国

我深深地爱着生活在这片土地上的人民

我愿用我的歌声祝福每一位乡亲

我愿把我真诚的祝福

送给河边洗衣的大嫂

我愿用我如诗的话语

激励那位落榜的姑娘

我愿用我真挚的情感

安慰那位失恋的小伙

我愿用我高亢的旋律

唤醒那位酒桌上麻木的青年

(十七)

我爱歌唱

我歌唱美丽的大自然

我常常陶醉于春江花月夜的美景

我常常沉浸在美丽梦神中的梦境

我爱圆明园荷叶在微风中摇曳，睡莲在碧水中荡漾

我更爱清华园的秋天，那银杏金黄时的萧萧落木

(十八)

我爱歌唱

因为我追求美的生活

我愿意让青春燃烧

我愿意让生命如歌

我爱歌唱

因为我在努力创造美的生活

即使我是一片残荷

也要把秋天装扮

我爱歌唱
因为我在尽情享受美的生活
即使一天劳作后身心疲惫
我也会对自己说
来吧，来一曲柴可夫斯基的交响曲
让我们陶醉在这美好的旋律中

（十九）

我爱歌唱
在歌里
我目睹了历史的画卷
苍山如海，残阳如血
我感叹历史，多少英雄沉浮
大江东去，千古风流
我敬佩古人复仇雪耻、卧薪尝胆的豪气
靖康耻，犹未雪
臣子恨，何时灭？

（二十）

我爱歌唱
歌声常常能表达我的思念
不管是在美丽的爱琴海
还是在天寒地冻的北极
不管是行走在酷热沙漠里
还是策马在群山峻岭中
我都会情不自禁地歌唱
《教我如何不想她》

（二十一）

我爱歌唱
歌唱让我的心灵得到释放
像风，像雾，又像海洋
像大自然无边无际

像飞鸟在天空翱翔

我渴望《自由飞翔》

（二十二）

我爱歌唱

因为歌唱给人以精神的洗礼

让人气质更加高贵

让人精神更加高尚

让生活充实

让生命蓬勃

歌唱使我心中充满阳光

（二十三）

我爱歌唱

歌唱让我的精神爆发出火花

让我心地善良

让我眼界宽广

让我更加热爱生活

让我更加热爱工作

让我们拥抱音乐吧

（二十四）

我爱歌唱，你也爱歌唱

我就是你，你也就是我

我们有一个共同的名字叫清华

我们有一个共同的爱好叫歌唱

三十个轮回，春夏秋冬

三十个寒暑，雨雪风霜

你的气质，我的年华

你如黄河入海万马奔腾

我如长江激流一泻千里

（二十五）

我爱歌唱

我爱唱那些伴我一路走过的歌

不管是风雨如磐

还是春暖花开

不管是枫叶落地

还是白雪飘飘

那些曾经激起我生命火花的歌啊

无论在哪里响起

我的心就像大海一样，波涛滚滚

（二十六）

我爱歌唱

因为人生如歌

在歌唱中

我时时感受到生命的韵律

有时高亢

有时舒缓

有时气势恢宏

有时浅声吟唱

有时激情似火

有时平和宁静

就像那滚滚不息的长江水

尽管遥遥万里，千回百折

还是缓缓地流入大海

找到自己的归宿

过荷塘遇秋雨思吴晗

秋起地黄枯茎残，清水浮萍任早寒。
映日荷花岂常在，冷雨绵绵思春晗。

吴晗（1909—1969），原名吴春晗，字伯辰，笔名语轩。中国著名历史学家、社会活动家、现代明史的开拓者和奠基者之一。曾任北京市副市长，因写新编历史剧《海瑞罢官》在"文革"中受批判。

秋游清华

依墙枫腾红胜黄，曲径银杏染秋光。
旧时学堂今安在，新到游客拍摄忙。

 枫腾即爬山虎。

荷塘秋色

小塘清粼见杨柳，枯枝兀立凭水流。
远处拱桥犹玉镯，近湖依稀红花留。

为清华大学工会各文艺协会
成立三十年所作对联

丹青泼墨养浩气
起舞弦歌成雅风

琴棋书画修厚德
诗书歌舞蕴自强

对弈水木有琴鸣
丹青荷塘闻歌声

为清华附中国际部三周年所作纪念品题

氤氲水木　秀丽荷塘
莘莘学子　巍巍学堂
中西合璧　博古通今
志存高远　行健不息

2012 年 3 月

教学人生

在人生的路上，将血一滴一滴地滴过去。
以饲别人，虽自觉渐渐瘦弱也以为快乐。

——鲁迅

敬畏你，三尺讲台

敬畏你，三尺讲台
因为面对的是
一双双渴望成长的眼睛
纯真信任的眼睛
好奇调皮的眼睛
不敢辜负那些期待的眼神
小心呵护，一丝不苟

敬畏你，三尺讲台
因为面对的是
一个个正在成长的精神生命
蓬勃的、绿色的生命
张扬的、创造的生命
不敢亵渎这些青春的生命
兢兢业业，殚精竭虑

敬畏你，三尺讲台
因为面对的是
一段段值得回忆的美丽时光
让梦想插上翅膀的时光
给灵魂落下印记的时光
不敢蹉跎这些一生中最珍贵的时光
呕心沥血，甘之如饴

这是一方圣地
这是一处殿堂
这里
让青春挥洒
让生命燃烧
让理想飞翔
让梦想成真
敬畏你，三尺讲台

我为你们而骄傲

2011年圣诞节前,清华附中高802班学生蒋晓东从美国回京探亲。同班同学王海龙召集在京同学为晓东接风,并邀请我——他们当年的班主任出席。席间谈起往事,联想如今,感慨颇多。特写诗以铭记。

在北京城的中轴线
在富丽堂皇的东来顺饭店
我与我三十年前的学生们相聚
相聚在2011年的圣诞节
美酒佳肴,欢声笑语
握手拥抱,互致问候
三十年转瞬即逝
三十年天翻地覆

当年分别时送我雄鹰展翅雕像的学生
如今是美国著名实验室的科学家
当年顽皮打架的孩子
如今是清华大学的博导、研究所所长
当年早操贪睡不起,经常挨批的学生
如今是美国小有名气的外科医生

当年赢弱多病的孩子
如今是设计院的院长
当年进高中才从ABC起学英语的农家孩子
如今是某部委的研究所所长
……

感恩附中
给了我"聚天下英才而育之"的乐趣

感谢我的学生
你们没有辜负老师们的培养
你们为附中争了光
种瓜得瓜，种豆得豆

当年你们惜时如金，抓紧学习
每天"三点一线"
几位女生的宿舍
曾经只有一把梳子

当年你们指点江山
团日志上慷慨陈词
读名著，看经典
评伟人，说志向

生活回馈给你们的是——
如今的辉煌
相聚是短暂的，分别就在眼前
去迎接更大的挑战吧！
牢记并践行附中的校训
"自强不息，厚德载物。"
你们会有更加辉煌的明天

我希望我有机会看到这一天
即使有一天我不在这个世界了
我也会觉得我这一生没有白过
因为我当过 802 班班主任
因为，我为你们而骄傲！

于 2011 年圣诞夜

二十年前，你们从这里出发

2008 年清华附中 1985 级校友毕业二十年聚会，应召集人王晨曦、孟虎邀请我写了此诗。在那次聚会上，主持人读了我的诗，聚会后，我和原 85 级校友，现凤凰卫视主播、主持人陈鲁豫分别被推选为 85 级校友会的会长和名誉会长。

二十年前，你们从这里出发
你们稚嫩，像晨曦中的露水
晶莹，透亮
迎着阳光满怀希望
尽情地挥洒你们的想象

二十年前，你们从这里出发
你们踌躇、犹豫，像一只面对大千世界的幼鸟
哪里是我们的目标，哪里是我们的新巢？
是母校那一棵棵高耸的白杨
是老校长坚毅的目光
使你们迎着风雨飞翔

二十年前，你们从这里出发
你们不安，心怀歉意，回想童年的幼稚和顽皮
像一个害羞的孩子
是老师那慈母般的笑脸
让你们在心底立下誓言

二十年前，你们从这里出发
出发前，你们深深眷恋这美好的校园
像深情的儿子离别母亲
多少年来的酸甜苦辣涌上心头
你们面对校门悄悄擦去泪水

二十年前，你们从这里出发
你们激动，振奋，坚强，豪迈
像出发去前线的士兵
带着老师和父母们的嘱托
迎着秋日和煦的阳光挥别母校

二十年后，你们回到出发的地方
带着成熟的微笑，带着对母校的眷念——
从北方，从南方，从东方，从西方
从世界的四面八方
你们是来兑现你们当年的誓言——
"二十年后再相见"
还是要完成什么曾经的许诺？
不，都不是

你们就是要见见陪伴你们成长的老师们
就是要见见同你们一起成长的白杨树
让我们一起来追忆我们青春的脚步吧

在校园里走一走
躺在你们曾经洒过汗水的草坪上
在教室里转一转
坐在你曾经上课的椅子上
让思绪与怀念一起飞翔

二十年前，你们从这里出发
如今，你们回来了，像一个长大成人的孩子
你们是附中的儿女
你们是母校的光荣
哪怕你们行囊空空
哪怕你们伤痕累累
附中时刻张开臂膀拥抱你们

如今你们又要出发了
在撒下老校长骨灰的松树前
默默地献上你们的哀思
告诉老校长：
过去
我们以为"伟大"离我们很遥远
现在
我们知道它其实离我们很近

背起鼓鼓的行囊
昂起不屈的头颅
又要开始新的远航
又要去迎接新的暴风雨
重逢即将结束
你们倍加珍惜这今日的重逢
事业刚刚开始
你们更加相信明天那必然的相逢
在航程开始的地方
在梦想起飞的地方
让你们再一次
再一次举起手
向母校，向培育过你们的老师们——
敬礼！

2008 年 9 月

石碑的诉说

一块小小的石碑
上面刻着"饮水思源——1980级全体毕业生立"
躺在校园的角落里
静静地，躺了三十年
石碑旁是一棵高大的松树
树下埋着老校长的骨灰
校长见证了石碑的安放
八年后他溘然长逝
尔后又有几位老师仙逝
吴承露、王玉田、刘芳
王振宗、张垦……
石碑目睹了周围发生的一切

它默默无言，沉沉地思索
似乎在静静地等待
等待着那些立碑的主人
它在心里默默地呼唤着他们
快回来吧！
看看当年那些开源引水的人们
如今早已白发苍苍
有的已举步维艰了
是他们当年辛勤灌溉
才有今天的树高千丈
枝繁叶茂

石碑好像在默默地回想
三十年前的那一幕又回到了眼前
你们在校园里举手宣誓

"今天我为母校而骄傲
明天母校为我而自豪。"
然后，庄重地安放了石碑
你们在石碑前默默承诺
饮水思源，不忘母校！
因为
她是你们成长的摇篮
因为
她是你们梦想起飞的地方！
因为
她是你们生命的根啊！

往事如烟
石碑还记得
90 周年校庆
一位年轻的女士
久久地伫立在
埋有老校长骨灰的松树下
默哀、三鞠躬、献上一束花
远处有人悄悄地拍下了这张照片
石碑流泪了
学生没有忘记它！

暑去冬来
石碑好像看见了
立碑的主人
如今已是
科学家、教授、律师
工程师、经理、医生……
每个人都有着骄傲的业绩
每个人都没有辜负母校的培养
石碑流泪了
这是欣喜的泪水

为那些已故的开源引水人

花开花落
石碑仿佛听见了
立碑的主人在议论着
毕业三十年后的聚会
三十年啊
这是一次具有历史意义的聚会
"追忆青春，感恩母校，传承友谊"
回顾前半生，展望后半生
相约母校
在梦想起飞的地方
石碑再一次落泪了
树高千尺也忘不了根啊
石碑没有白白地等待……

风起云飞
石碑静静地躺在校园的一角
看这里冬去春来
它记住这里的一切
也见证了这里的一切
更思考了这里的一切
它是附中精神的传承
它告诉每一个从附中走出的学子
饮水思源，回报社会
追求卓越，引领时代
这是一种附中精神
这是一种人生追求
校园角落里这小小的石碑啊
你的存在是一种无言的诉说
是一种警示
教我们不要忘本
是一种激励

教我们回报社会
你就是我们心灵广场上的
警示碑！

2013 年 6 月

教书感悟

教书啊
是苦中的甜
是甜中的苦
是苦涩的甜果

2011 年 10 月

在海淀教育的沃土中成长

2011 年 12 月 23 日圣诞节前夕，海淀名师工作站英语组在中国地质大学附属中学聚会，并在附近用餐。参加者有 16 人，挤在一张大餐桌上，其乐融融。席间诸君交流成长感受，孔繁华老师因感冒说不出话来，仍努力以沙哑之声表达感受，其真切、坦诚令人动容。故以诗铭记。

我们有缘
在海淀教育的沃土上耕耘、成长
我们有幸
在海淀名师工作站里相识、相助

一样的情怀
一样的梦想
一样的追求
一样的信仰
把我们聚集在这里
在这里
我们领略了大师的风采
在这里
我们理解了什么是"海淀水平"
在这里
我们践行着"学为人师，行为世范"
在这里
我们感悟到教师生命的意义
"外与内，内为先。名与实，实为主。
术与道，道为体。才与德，德为本。"
这，就是海淀名师的成功之道

为出一份高质量的试题
我们争论、切磋到深夜
为上一节高质量的课
我们连梦中都在筹措
为提高我们的业务水平
我们放弃了多少节假寒暑
为了海淀教育的今天和明天
我们奉献青春，无怨无悔
我们真诚、坦荡、执着、求精求善
我们诙谐、大度、率真、多情善感
为了海淀名师这份责任
我们殚精竭虑
为了教育这份神圣
我们呕心沥血

生命在这里修炼
生命在这里闪光
生命在这里升华
啊！漫漫人生路，悠悠海淀情！
感谢你——海淀教育！
祝福你——海淀教育！
让我们的生命之花
在海淀教育的沃土上绽放！

苦熬之后是幸福

2011 年年末，海淀名师工作站英语组召开年终总结会并欢送工作站退休导师马淑英、胡小力、张海翔和王淑香。会上张海翔老师即席发言，我很感动，特写下以下文字。

他淡定、从容、沉稳
深邃的目光显得自信
他像一棵饱经风霜，但却依然健壮的老树
告诉人们：
奋斗过，奉献过，清纯过，美丽过
他像一个刚刚在与风雨搏击后回港的老渔夫
沉重、疲惫，却从容、刚毅
面对鲜花，面对赞扬
他很宁静
问他有何感想
他说他感到很幸福
问他什么是幸福
他平静地说：
"苦熬之后是幸福。"

贺奖

2012 年 3 月，闻陈彦竹、易春丽、周喆三位青年教师在北京市高中英语教师大赛中力克群雄，脱颖而出获得两个一等奖、一个二等奖（海淀区共获三个一等奖，我校荣获其中两个），十分激动。为英语组有这样优秀的年轻人而高兴。以诗志之。

湘楚小女志如男，海淀年少意气扬。
投身杏坛为理想，岂为一己谋膏粱。
十年讲台磨利剑，一举京城折冠来。
他年神州若魁首，为君再摆庆功台。

陈彦竹是湖南人，为湘女，来校 8 年。易春丽是湖北武汉人，为楚女，来附中 11 年。周喆是生于斯，长于斯，土生土长的海淀小伙子，来校 11 年。

赠获奖教师

三尺讲台寄人生，
青春伴课堂，
十年苦心历练，
甘苦终回报。
惜时光，
敢担当，
树楷模，
再立新功。
不追卓越，
枉度一生。

2012 年 3 月

黔西北支教有感

2002 年 9 月 12 日，随市教委李观政副主任和几位北京市特级教师在贵州铜仁支教，正遇中秋，有感而作。

山乡，水乡，桥乡
师情，友情，激情
心系黔西北
志在中华腾

心诚，坦诚，热诚
助教，议教，研教
共话杏坛事
携手谱新篇

秋日会友

2002 年秋，应延庆教委之邀，谈教改之事。

秋访延庆城，教改共磋商。
乘兴踏秋去，玉渡山歌扬。

2002 年 10 月 7 日

玉渡山是延庆境内的一座山。

感谢你——新概念英语

你不是"圣经"
却有亿万人学习你
你不是福音
却给众多学习者带来成功
你就是你
你是文化的使者
你是语言学习的导师
你使初学者由登堂而入室
你使学习者终身受益
是什么使你充满魔力
是什么使你充满神奇
是一种理念，是一种设计
是你那妙趣横生的课文
学会运用，而不是解释
学会句型，而不是词汇
听了再说，说了再读
读了再写，渐进操练
你让初学者尝到甜头
你让提高者学有方向
你使语言充满幽默
你把枯燥变为乐趣
享受英语
挑战自我
你帮助学习者走向世界！

2011 年 3 月

国际部的"四金花"

国际部 2009 年初创时，工作繁杂，百废待兴，新入职的文博、晓旭、程程、邹培四位行政助理身兼数职，担起除教学外的各项工作，成绩斐然，特写诗赞扬。

国际部中四金花，外语业务顶呱呱。
合同保险加采购，教务升学同筹划。

内通外联气质华，下情上达神态佳。
加班加点无多话，工作负责人人夸。

金花，云南人对姑娘的一种称谓，意为美丽、善良、能干。

Four Golden Flowers at THIS

Four Golden Flowers at THIS
Strong in English and their business
Each dealing with human resources, supplies
Academic support and college counseling affairs

Expressing their charming personalities as they work
Promoting communication with good manners
Always working overtime without complaints
Compliments are given to their dependability

（董文博　译）

The name Golden Flower is originated from Yunnan, China. It graphically displays how beautiful and nice a lady is.

THIS: Tsinghua International School.

责任

　　2013 年 6 月 30 日，清华附中 80 级校友毕业三十年大聚会上，读到李坚同学回忆吴效衡老师的文章后，很感慨。当年因 4 班同学一次考试没考好，吴老师在办公室伤心掉泪，并检讨自己，学生们至今不能忘怀，庆幸当年有这样高度负责又无私奉献的老师。

　　学生们没有考好
　　你独自在办公室抹泪
　　自责，痛心，惭愧
　　一个北大的高才生
　　教学多年的老教师
　　教研组组长……
　　比自己考不好还难过
　　把教书当成生命的你
　　有什么比教不好学生更痛苦
　　三十年后
　　学生们谈起此事仍肃然起敬
　　从那时起
　　学生们上课格外认真
　　从那时起
　　学生们显得特别懂事
　　从那时起
　　学生们知道了什么是"责任"

2013 年 7 月 1 日

当老师有瘾

颜家珍老师是我妻子卢石的初中班主任，清华附中最早的特级教师之一，圆明园研究专家。年轻时工作极其投入，人称"拼命三郎"。每年春节一过初三，我妻子便要张罗着她们班同学去看颜老师，就像是要回娘家。二十年了，从未间断，足见她们班对老师的感情。正是这样的老师连接着学生与学校的情感。学生们怀念母校，更多的是怀念教过自己的老师。

都持续二十年了
每年初五
一群人总要聚在您家
从城市的四面八方
欢声笑语，像回到自己家里
都五十多岁的人了
在您面前像孩子

都中学毕业三十多年了
有人病了
有人受伤
只要您知道
就会不断地询问、关心，甚至找偏方
其实您自己身体也不好
可他们生病怎么就像病在您身上

都七十多岁的人了
还在著书立说
为了让学生们记住国耻
您坚持要给他们讲圆明园
听说学生们要组织澳洲游

您跳起来要报名
高兴得像个孩子

都退休二十年了
只要学校有大事
不用招呼就往学校跑
好似顾问和督导
教育方向常探讨
学校的事就像是您家里的事

都不当班主任二十多年了
哪个老学生想不开了
还要找您聊一聊
错了还一样挨"训"
管你现在是什么"长"
我说老师
您怎么就当不够
只要您觉得哪个事对学生好
就像身上着了魔
要想拦您都拦不住

左一为颜家珍老师

校园里的婚纱

昔日的同窗，今日的伴侣
一起来到昔日的校园
在白杨树下，在如茵的草坪
身披婚纱，西装革履
和昔日的老师合影
一起同享即将新婚的欢乐
昔日的同窗，今日的新人
一起来到这最初相识的地方
正是最初那充满深情的一瞥
结下了你们一生的情缘
在爱开始的地方
重温昔日美好的时光

2009 年 9 月

期待

像期待清晨天边的鱼肚白微微泛红渐露的橘色霞光
像期待山谷里退去晨雾后的第一缕金色的朝阳
像期待广袤土地上麦穗灌浆后翻滚的金黄色麦浪
像期待春风里河边那婀娜柳枝上长出的鹅黄色新芽
期待着，期待着……
今天还在父辈指导下蹒跚学飞的雏鹰
终有一天，振翅高飞
到广阔的天空里自由地翱翔

2005 年 6 月

泥土的事业

　　"十一"长假在公园巧遇我三十多年前的学生和他们年迈的父母，据说她一直在找我电话想联系我，今天见面有点喜出望外。得知她已是一位知名的建筑设计师，曾担任国家大型奥运体育场馆主要设计师，心中充满作为人民教师的喜悦和幸福之感。晨起作诗一首。

　　　你希望把全部的营养都献给根
　　　让根在你身上依附、吸吮
　　　让根在你怀抱里发芽、成长
　　　长成参天大树
　　　而你却愿意永远在地上
　　　用全部的爱支撑他们
　　　并为他们默默地祝福

　　　　　　　　　　　　　　　　　2012 年 10 月 5 日

我是一片秋叶

——献给我已退休或即将退休的同事们

当秋风瑟瑟，拂过我的身边
当秋阳款款，把我染成金黄
当秋雨潇潇，洗尽夏的铅华
当秋水涟漪，大雁飞过长天
我和我的伙伴们把金色带给大地
秋天因为有我们而变得如此的妩媚
啊！我是一片秋叶
我曾用嫩绿润泽过春天
啊！我是一片秋叶
我曾用绿荫在酷热的夏日里为大地遮阳
啊！我是一片秋叶
我现在正用成熟的美装饰着秋天
啊！我是一片秋叶
我目睹身边的果实在秋天成熟

岁月如梭，草木凋零
我有时会悲哀
我终会枯萎，离开养育我的大树
我会飘落在树下，不见阳光，堆积腐朽
或被秋风吹落，随秋水一同飘走
但，我绝不后悔
因为我们曾为美丽而燃烧
因为我们已把美丽献给了
——我们深爱的土地

2012 年 10 月 20 日

英语戏剧比赛五首

心向大舞台

自编自导巧装饰，既说既唱舞姿雷。
今秀学堂小天地，明领国际大舞台。

口语超级秀

平日课堂开口羞，今朝惊变"大忽悠"。
只因表演须神似，成就口语超级秀。

"英超男女"

超女爱美与生来，超男有才岂可埋。
既秀内涵又口语，"英超"何不来登台。

英语功夫赞

（一）

台上一分钟，台下十年功。
要想上台秀，做功岂敢空。

（二）

台上一分钟，台下多少功？
听说念唱演，英语口语通。

2012 年 11 月 25 日

"大忽悠"意为特别能侃的人。
"英超"意为英语超级高手。

遗憾

美轮美奂英语戏，感天悲地动容时。
忽闻台上传秽语，市井阿三众人嗤。

 因音响临时出故障，后台工作人员抱怨时流出脏话传到台下，深
感刺耳。

天空，田野，净土

没有一丝杂质，没有一片浮云
美丽、蔚蓝的天空
空气新鲜，阳光灿烂
这是心灵的天空，高洁的祭坛
灵魂在这里启迪
理想在这里起飞

没有一丝喧嚣，没有一点纷扰
碧绿、广饶的田野
青苗翠绿，一望无际，直接蓝天
这是生命的绿地，知识的圣殿
心灵在这里滋养
青春之花在这里绽放

这是一片心灵的净土啊！
每一分钟，憧憬都在这里播种
每一分钟，生命都在成长
每一个生命，都有它生长的足迹
每一个生命，都不可能重来
呵护每一个生命，关注每一份成长
用忠诚守护这块净土
用生命营造这片绿荫吧！

在这里，我们放飞少年的梦
在这里，我们塑造高尚的灵魂

2015 年 2 月

Heaven, Fields and Pure Land

No a bit of smog, no a bit of cloud
Beautiful and blue sky
Fresh air and sunlight shining
This is the heaven of the soul
This is a sacrificial altar
Souls are enlightened here
Ideals are lighted here

No bustling, no confusion at all
Pure green, vast fields
Green young rice plants are stretching to the horizons
This is the life land, the sacred hall of knowledge
Souls are cultivated here
The flowers of youth blossom here

What a pure land of soul!
Every minute, yearning is sown
Every minute, life is growing
Every life has its own growing track
No life can't be reborn
Care for every life, care for every growth
Protect this pure land with loyalty
Manage this green land carefully!

Here, we inspire dreams of adolescents
Here, we build noble souls

February, 2015

雅典娜

雅典娜
我的智慧女神
你真的要把智慧教给我吗？

我希望
你不仅掬给我一朵浪花
而且带我下海搏击

我希望
你不仅让我欣赏一片绿叶
而且带我走进森林

我希望
你不仅把我带上一座山，穿过一条河
而且让我懂得如何穿越崇山峻岭

我希望
你不仅托给我一片白云，捧给我一群繁星
而且带我遨游太空，让我迷恋天宇

我希望
你不仅用手弹拨知识的琴弦
而且用心演奏心灵的乐章
唤起我心的共鸣，对美的向往

感谢你
教会我如何起锚，升帆，驾船
而我更希望你
教给我

在茫茫的大海上如何辨别方向
教给我
搏击风浪的勇气和意志

2015 年 1 月

 雅典娜，希腊神话中的智慧女神。

Athena

Athena
My Goddess of wisdom
Do you really want to give me wisdom?

I wish
You would bring me not just a drop of sea water
But take me into the sea where I would fight against huge waves

I wish
You would not only let me enjoy a simple leaf
But take me deep into the forest

I wish
You would not only lead me across the river and over the mountain
But also show me how to go through multiple valleys

I wish
You would not only have me hold a piece of cloud
Or carry a group of stars
But teach me how to wander in the heaven
and make me fall in love with infinite space

I wish

You would not only show me how to play

A string of knowledge with your hands

But to play the music in your heart and play with your soul

By which you arouse my feelings and dream my dreams

Thank you

For teaching me to weigh anchor and set sail

As well as steering the boat and ship

But more I wish you

To teach me how to make orientation on the vast sea

And how to fight against a storm

with both strong courage and will

January，2015

 Athena is the Goddess of wisdom in Greek Mythology.

让泪奔流

今年又有部分外籍和中籍教师因各种原因离开国际部，不少人与我共事多年，感情很深，想他们多年来辛勤工作，为国际部的发展做出巨大的贡献，心中充满感激之情。临别时，真是难舍难分。特赋诗一首。

让泪奔流吧
不是每次分别都能够重逢
相见时难别亦难
有的分别可能就是一生一世

让泪奔流吧
不是每一种感激都挂在嘴上
我的感激埋在心底
话未出口，泪往下流

让泪奔流吧
不是天下的盛宴都可以永远不散
铭记在一起的美好时光
让思念像春风一样跟你到世界每一个地方

让泪奔流吧
不是经过的路都开满鲜花
走过的坎坷，踏过的荆棘
终于看到了点点红花

让泪奔流吧
不是每一张日历都可以轻易地撕掉
有的日子像刀，刻在石上，像雷，击在树上
永生永世不能忘记

让泪尽情地奔流吧
流在我们的脸上
流在我们的胸前
流进我们的心里

2015 年 6 月 3 日

Let the Tears Flow

Quite a few foreign teachers and Chinese teachers are leaving this year, some of them have worked with me for many years and had a very good relation with me. They have made great contribution to Tsinghua International School in the past few years. I have great gratitude for them. Thinking their departure, I feel sad. Before their departure, I wrote this poem for them.

Let the tears flow
Not every separation can be followed by a reunion
Being together was difficult, and so will be the departure
Some separations may be for a lifetime

Let the tears flow
Not every gratitude can be expressed sufficiently
I shall bury my gratitude deep in my heart
Words haven't been uttered, and tears have already flowed down

Let the tears flow
Not every banquet can be held forever
Let's rather keep in mind the good times together
And let those memories follow you everywhere like a spring breeze

Let the tears flow
Not every path is covered with flowers
All the roughness that we've walked on, all the thorns that we've stepped on

And finally some red flowers have appeared on our way

Let the tears flow
Not every piece of a calendar can be torn apart so easily
Some days are like knives carving the stone, like lightings striking the tree
They cannot ever be forgotten

Let the tears flow out as much as we want
Flow on our faces
Flow onto our chest
And flow into our hearts

June 3, 2015

青春岁月

凡走过的，必留下足迹，凡奋斗的必经历成长。

——付佩荣

青春

青春是蜿蜒的小溪
青春是曲折的山路
青春是冰河解冻后的一江春水
青春是暴风雨洗涤过后重新起程的帆船
青春是节日夜晚五彩缤纷的礼花
青春是天边喷薄欲出的朝阳

乌梁素海，我生命的海

那是应该永远记住的时刻
时光倒退了四十多年
那是 1969 年 8 月 12 日 10 点 30 分
北京火车站一声汽笛长鸣
站台上，车窗边，哭声一片
我望着人群中的父亲和弟弟们
他们的眼里噙着泪水
那是第一次父亲送我远行
那是第一次我看见当过军人的父亲流泪
从此，天各一方
我也第一次尝到了悲欢离合

那是永远不能忘怀的一段日子
那年我刚满十五岁
来到塞外，美丽的乌梁素海
一个方圆几百里的淡水湖
种地，放牧，打渔，割苇
半农半牧，屯垦戍边

第一次见识了"脱坯，打墙，活见阎王"
第一次知道挨饿的滋味
两个馒头放进嘴里和没吃一样
一个偶然掉在沙土里的馒头，两人竟同时去抢
那架势真像两只饿狼在抢一块肉
第一次见到这么大的风
夜里大风呼啸
第二天，被子被盖上厚厚一层土
人就像被黄土埋上一样
记不清多少个第一次……

在荒山野岭挖高压线坑
暴雨中、烈日下、我们无处藏身
羊圈里为羊灌药
羊踹，药洒，我们一身羊屎羊药
挖水渠，挑河泥，扁担挑断几根
河道闸口跑水
我们和连长齐刷刷跳入刺骨水中
边境紧张
我们全副武装，枕戈待旦
战备需要血浆
一群十几岁的娃娃争先恐后把胳膊伸给医生
发电厂会战，住在荒山上的工棚里
一条毒蛇差点要了一位兄弟的命
开荒百亩，靠天吃饭
秋收连种子都无法收回
青春，理想，挫折
苦难，前途，生命
我们在开始苦苦地思索……

那也是一段难忘的欢乐时光
春天，我们在海边脱坯盖房
看水鸟飞翔，芦苇飘绿，老根发新芽
夏天，我们割青苇在海中小岛驻扎
钓鱼，游泳，任凭蚊虫叮咬，暴雨肆虐
秋天，我们到渔场捞鱼
看鲤鱼翻腾，天鹅起落
冬天，我们在冰上割苇
推着满载着芦苇的冰车，伴着冬季的落日回营
下工后，十多个人躺在没有灯的大炕上
伴着口琴唱起了少年时的歌
"让我们荡起双桨，小船儿推开波浪……"
周末，我们偷偷驾船出海
看水天一色，湖光浩渺
锦鳞跳跃，鸭鸟鸣啾

常使劳累中的我们
心旷神怡，乐不知返……
简陋的篮球场上龙腾虎跃，欢呼叫喊
自制的冰场上冰鞋闪亮，冰杆飞舞
快乐的日子就像花儿一样很快谢了
比劳累、艰苦更难熬的是无望，长久的无望！

那是一段刻骨铭心的日子
时光一天天走过
我们一天天长大
我们已厌倦了
干活、吃饭、睡觉
日出而作，日落而息的日子
我们不断在问，这就是我们的生活吗？
陆续有人离开
不少人重新拿起书
读书，写作，打发空虚的时光
打牌，写信，排泄心中的孤寂
我们像久旱的土地企盼着甘雨那样
渴望知识，渴望学习
好日子终于盼到了
在经历了五年零两个月后
我被推荐上了大学
从此，人生改变
我和患难的兄弟姐妹们
和美丽的乌梁素海挥泪告别
一个新的天地展现在眼前

四十多年过去了
当年的兄弟姐妹们早已陆续回城，各奔东西
如今已两鬓斑白，到了退休的日子
然而，青年时期的往事却更加清晰
四十年来，我走过世界上许多地方
到过数不清多少个有海的地方

但我心中始终有着长有一片芦苇的海
那是我生命开始的海
美丽的乌梁素海
那里有我朦胧的爱情
那里有我生死的伙伴
那里有我肝胆相照的朋友
那里有开导教育我的兄长
那里有我汗水浇灌过的土地
那里是我梦想起飞的地方
那里是我永远不能忘记的地方
乌梁素海——我生命的海
我会永远怀念你

2011 年 8 月

Lake Wuliangsuhai, the Sea of My Life

That should be a moment to be remembered
Time turned back to forty years ago
That was 10：30 am August 12th, 1969
With a long whistle of the train in Beijing Railway Station
At the station, beside windows, surrounded by crying people
I looked at my father and brothers encircled by the crowd
There were tears in their eyes
That was the first time my father and I separated
That was the first time I saw my father, who served in the army, cry
After that, we were far away from each other
I also experienced the taste of separating

That was an unforgettable time
I was just fifteen
Gone beyond the Great Wall, to the beautiful Lake Wuliangsuhai
A lake that is hundreds of square kilometers
Farming, grazing, fishing, cutting reeds
Half-farming-half-grazing, farming guarding the borders

The first time learning of "moulding adobe blocks", "building a wall"
like "living in hell"
The first time learning to tolerate hunger
Eating two pieces of steamed bread was like eating nothing
Two men fighting over the steamed bread that had been dropped in the
sand
It was like two starving wolves fighting over a piece of meat
The first time seeing the crazy winds
Screaming in the night
The second day, there was thick sand on our quilts
It seemed that people were buried by the sand

How many innumerable "first times" ...

Digging holes for high-pressure transmission in the wild mountains

In the storm, under the scorching sun, we had nowhere to hide

Medicating the sheep in the sheepfold

Sheep kicked, the medicine sprinkled

And our body was covered with sheep dung and medicines

In digging ditches, carrying the mud

How many carrying poles were broken!

When there was a leakage of water at the water-controlling gates

Our company commander and we jumped into the freezing water

When the situation at borders was intense

We were armed, weapons were with us all the time

When blood was needed for military preparedness

A group of teenagers, vied with eath other in showing our arms to the doctor to donate our blood

During the decisive battle in conetructing power plant, we stayed in the work sheds in the wild mountains

A snake nearly took a brother's life away

Opening up wastelands of nearly 100 *mu*

But our harvest merely depended on the weather

During the autumn, we couldn't even get our seeds back

Youth, dreams, setbacks

Suffering, future, life

We tried to puzzle them out...

However, that was also a time of happiness

In spring, we moulded adobe blocks to built houses by the shore

Watching the sea and the birds flying, reeds germinated

In summer, we cut the reeds and stayed on the island in the middle of the sea

Fishing, swimming, didn't care about bugs' biting or storms'striking

In autumn, we fished in the fishing ponds, watching carp somersault, and the swans coming and going

In winter, we cut the reeds, standing on ice

When the cart was filled with reeds, in the sunsets of the winter, we went back to our campsites

After work, more than ten people lay on a heatable brickbed without lights

Accompanied by home songs with the harmonica

"Let's row the boat, the boat pushes the waves away..."

We sailed a boat out secretly on weekends

Watching the amazing scenery and fog

Fish jumping out of the water, birds singing happily

Always making us who were very tired feeling fresh again

We were too fascinated to forget to go home...

On the rough basketball court, there was jumping and shouting

At the skating area we made ourselves on the ice, ice skates shining, sticks dancing

Happy days faded as the flowers did

Compared to fatigue and hardship, the more agonizing thing was the hopeless, hopeless for a long time!

That was an indelible period of time

The days passed by

We grew up

We were bored

Working, eating, sleeping

Working started at the sunrise and ended at the sunset every day

We were asking and asking: "Is this what we want it to be?"

People started leaving

People started reading

Reading, writing, killing time

Playing cards, writing letters, keeping monotony away

We were anxious for knowledge and studying just like the dry land expecting rains

The good day finally came

After five years and two months

I was recommended to a university

Since then, life has changed

My brothers, sisters and I who went through the hard times bid the beautiful Lake Wuliangsuhai, farewell

A new world was right in front of us

More than forty years has passed

My brothers and sisters are already in the cities and separated from the other

Now our sideburns are white, and it's time for us to retire

But, the past events in day when we were young are still clear

In the past forty years I visited many places throughout the world

I visited many places that have seas

But there was still a sea with reeds

It was Lake Wuliangsuhai, Where my life began

Beautiful Lake Wuliangsuhai

My hazy loves appeared there

My best friends whom I trusted with my life and who were ready to die for each other stayed there

My elder brothers who taught me a lot stayed there

This was the land poured by my sweat

That was the place where my dreams ascended

That is the place I'll never forget

Lake Wuliangsuhai, the sea of my life

I will treasure you forever

August, 2011

孤岛

1969 年 8 月到 1974 年 10 月，我下乡在内蒙古巴彦淖尔盟（现为巴彦淖尔市），在乌梁素海（一个方圆百里的淡水湖）的边上一个叫坝头的地方。好几个夏天，我与二十几个知青都要到海中央一个叫"红卯兔"的小岛住上几个月，割青苇子，晾干了后做羊和马过冬的饲料。由此体验了一下鲁滨逊在荒岛上的生活。

北方，孤岛
芦苇，湖水
一望无际
烈日下，一群赤裸的男人
在密不透风的芦苇中割苇
月上天，土坯炕上神侃
北京烤鸭、天津包子、保定的驴肉火烧……
岸上心仪的姑娘……
忘却累，在梦乡中回到家乡

北方，孤岛
帆船，水鸟
一片浩渺
心灵的孤岛，在默默地等候
像在等候着远方的航船
佳节来临，鸿雁飞过
心痛苦地煎熬
深夜，听湖水拍打堤岸
涌起一排排思乡的浪潮

2011 年 7 月

A Lone Island

I stayed in a town called Batou near Wuliangsuhai Lake—a freshwater lake extending for hundreds of li—in Bayanzhuoer City of Inner Mongolia from August, 1969 to October, 1974. More than a dozen of "educated youth" and I would stay on an island called "Red Rabbit" in the middle of the lake for several months for quite a few summers, where we cut and dried reeds to serve as fodders for sheep and horses in winter. In such a way, I experienced the life of Robinson Crusoe on his deserted island.

Far in the north, there is such a lone island
Covered with reeds, and surrounded by water
boundless and rarely-visited
A group of men
In rags or simply being naked
cut reeds under the scorching sun
and chat on the *kang* in the adobe shelter by starlight
about Beijing Roast Duck, Tianjin buns, Baoding donkey wheaten cake ...
and admired girls on the mainland...
And then, getting over the exhaustion
return to our hometown in our sweet dreams

Far in the north, there is a lone island
where a soul stayed
It is sometimes saturated with hope and expectations
but more often wavers in loneliness
It waits quietly in ordinary days
like waiting for a ship from a distance
While a festival approaches
Swan gooses migrate South
it is shackled in such torments
that the water lapping the shores
sets off waves of homesickness

July, 2011

忆人生

少年热血戍边陲，
冰雪炼红心。
别乌山进清华，
又闻书案香。
叹蹉跎，
惜时光，
苦心学。
坚守杏坛，
辛勤育人，
桃李满园。

2011 年 10 月

种星星

　　我小时候住在北京郊外的一个大院，最早叫作国防部五院一分院。该院第一任院长是钱学森。后来，先后更名为七机部一院、航空航天部一院，现在叫中国运载火箭技术研究院。这里走出了二十多位中国工程院院士，两位国家最高科技奖获得者，国家嘉奖的 23 位"两弹一星"元勋，该院占了 5 位。因为父母一直遵守国家的保密条例，我一直到十几岁才知道他们是干什么的。如今我国的航天事业取得举世瞩目的成就，这里成了航天事业的发源地。我为曾伴我成长的大院而骄傲。

　　小时候
　　住在一个神秘的大院里
　　那里有许多解放军
　　但是他们都不拿枪
　　那里有许多老师
　　但他们都身着戎装
　　那里寄信没有地址
　　只有"信箱"和"分箱"
　　那里出入要有通行证
　　证件上标有甲乙丙丁
　　不同的证件进不同的门
　　那里的规定很特别：
　　用完的笔记本要上交
　　自己的工作不能跟亲人说

　　小时候
　　住在一个神秘的大院里
　　那时的天特别蓝
　　蓝得像阳光下的海水
　　那时的水特别清

清得像一面镜子
那时的草特别绿
绿得像洗过的翡翠
那时的人特别纯
纯得像刚刚挤出来的鲜牛奶
那时的大院特别神秘
没人知道大院里在干什么
那时的孩子很好奇
特别爱刨根问底
问周围的叔叔阿姨
你们每天在干什么？
他们说在做会飞的大鞭炮
问爸爸妈妈
你们每天在干什么？
爸爸说他们在天上种"星星"

小时候
住在一个神秘的大院里
那里有一群神秘的人
等长大才知道
他们是在编织飞天的梦
他们在夜空中"种"星星
一颗，两颗，三颗……
他们在天宇中布满了"星星"
让祖国长上"千里眼，顺风耳"
为实现人类遨游太空的梦想
他们要把最好的"星星"种在天上

小时候
住在一个神秘的大院里
那里有许多在天上"种星星"的人
如今我做了教师
我在地上也种"星星"
我种的"星星"最终也要飞上天
我要让他们都变成
天上最闪亮的"星星"

在跑道上

今年是我妻子卢石（清华附中初 71 级校友）在北京体育大学体校训练 40 周年的纪念。为回忆和纪念体校生活，她与我共同创作了这首诗。

傍晚，我漫步在体校运动场的跑道上
看晚霞染红天边的云彩
初春的微风吹拂着我的面颊
高高的白杨伴我默默地回想……

四十年前，我第一次进入体校
教练手把手教我们每个动作
高抬腿、跨步跳
大摆臂、加频率
30 米途中跑、60 米冲刺、100 米接力……
运动场记录了我的青春年华
跑道上
我们挥汗如雨，勤学苦练
沙坑前
我们奔腾飞跃，激扬释放
终点线
我们体验了成功的喜悦和失利的痛苦
训练中
我们聆听着教练的悉心教诲
从跑道走向我人生的梦想

长长的跑道啊，给了我多少美好的回忆
想当年，我们跟随田教练
夏练三伏，冬练三九
南征北战，享受荣光

颐和园佛香阁的台阶上
洒下我们训练的汗水
先农坛的比赛场上
留下我们矫捷的身影
掌声，欢呼
奖牌，奖状
汗水和泪水交织
痛心与喜悦同在……
虽是青春往事，但却历历在目

长长的跑道啊，给了我多少人生的启迪……
曾经以为先拼到终点就是冠军
而今明白冠军是暂时的，拼搏没有终点
曾经以为体育只是锻炼体能
而今明白体育是历练人生
曾经只想着超越别人
而今明白要超越别人，首先要超越自己
过去，我曾站在不同的起跑线上
100 米、400 米、800 米、1500 米……
如今，我却要站在新的起跑线上
面临更多的挑战

长长的跑道啊，你让我魂牵梦萦
多少次，梦里回体校
我又站在了起跑线上
我好像听见教练在喊
"加油，加油，坚持，坚持!"
奔跑，冲刺，撞线，欢呼
同队友、教练拥抱在跑道上
欢声一片，笑语一串
走过漫漫人生，方知青春珍贵
尝尽人间冷暖，更知体校情深
感谢教练，感谢体校
在这里

我们练就了不服输的性格
在这里
我们锻炼出拼搏吃苦的精神
在这里
我们培养出一种"追求卓越"的人生理想

长长的跑道啊，你让我如此眷恋
从体校的跑道到人生的跑道
始终在奔跑
这跑道并不常有喝彩和掌声
这跑道并不笔直，有时弯弯曲曲
但我们仍在奔跑，从不放弃
因为，我们曾是体校的学生
因为，成功永远在路上

花季年华

16 岁，父亲参加八路军；15 岁，我上山下乡；16 岁，儿子出国留学。不同的时代，我们有着不同的花季年华，不同的人生。

父亲的花季年华
在抗日的炮火中度过
扛着比自己还要高的枪
在高高的山上
在密密的高粱地里
机智顽强，与日寇周旋……

我的花季年华
在"文革"的"炮火"中度过
在大字报前，在造反派的叫嚣声中
在担忧与伤感中背井离乡
在农村的广阔天地中
挥锹舞镐，战天斗地

儿子的花季年华
在大洋彼岸
在明净的课堂，在高雅的图书馆
在现代化的实验室
徜徉书海，伏案苦读
在餐馆狭窄的操作间里
洗菜刷盘，体验人生

同样年华，不同道路
青春磨难，奠基人生

青春的梦

时间越是久远
越是难以忘怀
是吃姥姥做的年糕
是家乡嬉水的小河

时间越是久远
越是刻骨铭心
是初恋的情
是青春的梦

如今
家乡已面目皆非
恋人已远嫁他乡
只有那青春的梦
还萦绕在脑海中……

陡河高炉，我心中的丰碑

——纪念唐山大地震三十周年

1976 年 7 月 28 日凌晨 3 点 28 分，唐山发生 7.8 级大地震，死亡 24.2 万人，重伤 16.4 万人，震惊世界。我当时是一名大学生，为灾区人民遭受大难而寝食难安，主动要求参加清华大学赴唐山救援队。震发 10 天后，赴唐山灾区救援，被分到唐山郊区的陡河发电站，与吊车队师傅们开始重建家园的工作，经历了严峻的考验，见证了许多难忘的时刻。

奔流的陡河水啊，奔流的陡河水！
请停一停你匆匆奔走的步伐
巍巍的电高炉啊，巍巍的电高炉！
请停一停你那隆隆的轰鸣声

请告诉我
当年同我们一起抗震救灾的工人师傅们
如今在哪里？
他们的亲人们是否还都健在？
他们的新家是否美观，宽敞？
他们的创伤是否已经痊愈？
他们的心灵是否得到抚慰？
记忆像潮水一样涌入脑海……

那是 1976 年最炎热的时候
夜半三更，天塌地陷，地动山摇
7.8 级，瞬时，二十余万人阴阳两界，生死别离
地震啊，像一个被埋在地下发狂的恶魔
露出它那狰狞的面目
抖动它那巨大的身躯

毁坏着人类的家园
……
十天后
第一支大学生救援队冒着余震的危险赶来了
成百上千的遗体已得到处理
仍有一些遗体还挂在高大的建筑物上
被压在巨大的楼板间，无法安置
我们用吊车清除残壁，收殓遗体
大家都在默默地工作
不少人身上还带着伤痕，缠着绷带
不少人背负着失去亲人的痛苦
不少人的家已荡然无存
陡河人，用默默地工作排遣巨大的悲痛
恶魔啊，你可以摇倒高炉，摇倒厂房
却动摇不了我们重建家园的决心
为尽快恢复生产，必须恢复供电
在余震不断的情况下，修复高炉
在几十米高的铁架上
师傅们肩扛木料，快步行走，如履平地
我们却胆战心惊，匍匐前进
在陡河，我真正知道了什么是勇敢
在陡河，我真正明白了什么是坚强

奔流的陡河水啊，奔流的陡河水！
请停一停你匆匆奔走的步伐
巍巍的电高炉啊，巍巍的电高炉
请停一停你那隆隆的轰鸣声
请告诉我
当年同我们一起抗震救灾的同学们
如今在哪里？
还记得吗？
出发前，我们报定一死的信念
像那些参加了总攻敢死队的队员
与家人不辞而别

一路上的情景令人震撼
一路上的心情无比沉重
残垣断壁，遍处沟壑
进入厂区，更是惨不忍睹
还记得吗？
那些被烈日暴晒后肿胀的尸体
那些被大雨浸泡后发白变腐的残肢
即使我们戴上两层口罩再洒上白酒
强烈的气味也使我们呕吐不止
有恐高症的我有时要爬上几十米作业
而地面上又余震不断
为了让陡河的电送向整个唐山
我们只有奋勇向前
恶魔啊，你可以摧毁我们人类的家园
却摧毁不了我们的坚强意志
在陡河，我真正知道了什么是命悬一线
在陡河，我真正体会了什么是生死考验

奔流的陡河水啊，奔流的陡河水！
请停一停你匆匆奔走的步伐
巍巍的电高炉啊，巍巍的电高炉！
请停一停你那隆隆的轰鸣声
请告诉我
当年同我们一起重建家园的工程师们
如今在哪里？
你们曾在一起商量
如何把未来的唐山、陡河建设得像花园一样
你们曾在一起讨论
如何设计一套科学的预震系统
让我们的子孙后代免遭劫难
你们曾对着死去的人发誓
一定要让他们安息
让活着的人生活得更好
人类啊！你有时会很脆弱

瞬间可以失去几十万
人类啊！你终究会更坚强
生生息息，繁衍后代
任何天灾人祸
都阻止不了你前进的步伐！

奔流的陡河水啊，奔流的陡河水！
请停一停你匆匆奔走的步伐
巍巍的电高炉啊，巍巍的电高炉！
请停一停你那隆隆的轰鸣声
请听我告诉你
当年同我们一起抗震救灾的同学们
如今已都是专家、学者、高级工程师
让我们一起邀请他们回陡河看看吧！
看看在大灾面前意志坚强的陡河人
创造了什么样的奇迹
看看当年遍地废墟的陡河
是如何旧貌换新颜
艰难困苦啊，玉汝于成！
精神不倒啊，大难兴邦！

奔流的陡河水啊，奔流的陡河水！
请不要停下你匆匆奔走的步伐
巍巍的电高炉啊，巍巍的电高炉！
请不要停下你那隆隆的轰鸣声
时代在发展，生活已经全新
灾难已过，去追赶新的潮流吧！

奔流的陡河水啊，巍巍的电高炉！
你教我无畏，你教我坚强！
你是我心中的丰碑！

2006 年 7 月 29 日

和过浩川老师诗

1997 年清华大学校庆时，回母校看望老师。过浩川老师赠诗一首，特和之，以此勉励自己，不辜负老师的期望。

北国冰雪凝筋骨，清华苦练"金丹"。
母校重塑人生。
任时代风云变幻，精神砥柱坚，
厚德行天下。
廿年天涯，各展宏图，
从头越征程再启。

1997 年 4 月 30 日

附：毕业二十周年纪念

北国常使忆当年，冰雪凝就铮骨，
朔风吹硬铁肩。
而今正值日中天，正气抵浊流，
当仁担天下。
光我旧物，兴我中华，
任重道远只等闲。

清华大学外语系过浩川老师
1997 年 4 月 25 日

二十年后，让我们再次相聚在银杏树下

2004 年春，802 班在毕业二十年后在校园里种了两棵银杏树，上刻"春华秋实，根深叶茂"。2014 年 80 级毕业 30 年，聚会组委会又决定在校园内栽种 4 棵银杏树以代表 80 级四个班校友心系母校的情谊。

二十年后的秋天
我们会再一次相约
在我们亲手栽种的银杏树下

听秋风款款树叶飒飒
看树叶飘散满地金黄
拾起一片树叶在手中
让我们再唱起
我们曾经唱过的歌
"再过二十年我们来相会"
一起把逝去的岁月回想！

让我们举起漂亮的酒杯
为再次相聚，为友谊干杯！
让鲜红的酒浆洒满脖颈
擦去激动的泪花吧！
一起跳起青春的舞曲
啊，岁月无情，青春有痕！
命运多舛，我们永远乐观

母校，我要对你说……

2011 年清华大学百年校庆，74 级英语班校友荣归母校，他们成绩斐然，虽离校 33 年，仍眷恋母校，拳拳之心溢于言表。组织者把他们的活动刻成光盘，要求每位同学写几句话。回想毕业三十多年的经历，感慨万千……遂遵嘱写了以下的话。

母校，我要对你说
我是你不幸的儿子
我入学时，你正在受蹂躏
书本不让教，学习即"白专"
我入学时你正在受鞭挞
教授受批判，知识成"反动"
你没有足够的乳汁哺育我
尽管瘦弱的我是
那么需要营养
母校，那时，我真想对你说：
我怨你，怪你，我想永远离开你

母校，我要对你说
我是一个感恩的儿子
忘不了
在农村、工厂
我们与老师们同吃、同住
同劳动的日日夜夜
忘不了
老师们忍辱负重坚持教学的情景
忘不了
粉碎"四人帮"以后
老师们对我们投入的无私帮助
同学们抓紧一切时间刻苦学习

誓把耽误的时间补回来
几十年来我们与老师们
联系不断，亲密如友
他们的音容笑貌
永远定格在我们大脑的胶片上
母校，我要对你说
我想你，爱你，永远感激你！

几十年过去了，
母校，我要对你说
我是你勤奋的儿子
从一毕业，我就成了一名跋涉者
我不停地跋涉
向着远方，向着我的理想
我不停地跋涉
走过青春，走过中年……
为了证明一个厚重而有价值的人生
不管风狂雨啸，不管酷暑严寒……
因为我的毕业证书上写着"艰苦奋斗"

母校，我要对你说
我是一个听话的儿子
从上学的第一天，你就告诉我：
知识是人民的，学会了要还给人民
我发过誓
我要把我学到的一切还给人民
三十年来
我始终在平凡的岗位上
践行着自己的诺言
不管艰难困苦，不管荣辱得失
因为我的毕业证书上写着"为人民服务"

母校，我要对你说
我是一个幸运的儿子

母校在极其困难的条件下
给了我们尽可能的爱
是这些爱，温暖着我，激励我前行
庆幸的是，我们赶上了一个好时代
使我们在母校学到的知识能得以发挥
使我们能走遍千山万水，万水千山
但不管我们走到哪里
我们都怀念母校
因为母校是我们永远的精神家园

母校，我要对你说：
我们是你永远的儿子
虽然我们已将要退休或已经退休
但我们会永远学习，终身学习
因为母校的精神是
"人文日新，自强不息。"
因为我们想对你说：
我们将永远，永远无愧于"清华人"

2011 年 9 月

紫荆花下

紫荆花下
我们曾匆匆走过
"三室，一馆"
紫荆花聆听了我们青春的步伐

紫荆花下
我们曾寻访学长们的足迹
日晷，断碑，闻亭……
紫荆花在向我们诉说着他们当年的豪情

紫荆花下
我们曾高谈阔论
"民主""科学""又红又专"
紫荆花注视着我们激动的脸庞

紫荆花下
我和她曾默默走过
几次想说，却又左顾言他
紫荆花悄悄地停止了摇曳和沙沙

紫荆花下
我们曾暗下誓言
为了多难的祖国
我们愿意变成钢铁
铸进祖国瘦弱但坚韧的脊梁

啊！那美丽的紫荆花
青春的紫荆花！
我们心中永不凋谢的紫荆花！

三室即：教室、寝室、实验室。一馆即图书馆。清华大草坪上的
"日晷"是 1920 级毕业生送给母亲的礼物，上刻"行胜于言"，后成
为清华大学的一种精神。

Under the Bauhinia Flowers

Under the Bauhinia flowers
We used to walk by hurriedly
Lab，dorm，classroom and library
The Bauhinia flowers heard our youthful steps

Under the Bauhinia flowers
We once searched the old alumni's signs
Sundial，broken stele and Wen pavilion
The Bauhinia told us their strong passion then

Under the Bauhinia flowers
We used to talk boldly
"democracy" "science" "red and expert"
The Bauhinia watched our exciting faces

Under the Bauhinia flowers
I walked with her silently
Feeling too shy to speak directly，beating around the bush
The Bauhinia softly stopped shaking and rustling

Under the Bauhinia flowers
We once made a firm commitment
For the sake of our distressed motherland
We would turn ourselves into the steel
Casting of our country's back bone.

Oh! What beautiful bauhinia flowers!

What youthful bauhinia flowers!

You are the flowers in blossom forever in our hearts!

The Sundial on the lawn of Tsinghua University was the gift presented by the alumni of 1920. On the surface of the Sundial is carved by the words "Actions speak louder than words", which has become the spirits of Tsinghua University since then.

心灵浸泡过的家园

宿舍楼是清华附中老建筑之一，建于 1960 年，她承载了时代的
风貌、青春的记忆。

我们曾经的家——宿舍楼拆了！
这里有许多永久的怀念：
那床头书写的"立志铭"
是我们庄严的宣告和刻骨铭心的誓言
那偶像的照片
显示着当年青春的追求和向往
那枕边一本本钟爱的图书，
见证了我们与大师们一次次的"彻夜长谈"
那墙上挂着的吉他
勾起美妙的弦音
仿佛还在耳边萦绕、回旋
那床下滚圆的篮球
记载着球队为夺冠
曾奋战在铺满阳光的校园
……
一桩桩，一件件难忘的青春往事啊
是我们欢乐成长的港湾

我们曾经的家——宿舍楼拆了！
这里有多少成长的苦恼、迷茫和怀恋：
师长的教诲，指引虚浮的幻想
青葱的天真，书写在岁岁年年
"好玩"的贪念，变成高尚的情趣
幸福的憧憬，驶向理想的彼岸
……
一桩桩，一件件难忘的青春往事啊

筑起我们梦想起飞的乐园

我们曾经的家——宿舍楼拆了！
这里曾闪耀过多少青春的火焰：
纯洁的友谊，在这里播种、发芽
朦胧的初恋，在这里泛起圈圈漪涟
青春的"叛逆"，被校园多彩的生活驯服
挫折中的痛苦，在师友的慰藉下消散
心灵在这里温暖，浸泡
气节在这里磨砺、冶炼
……
一桩桩，一件件难忘的青春往事啊
这里是青春岁月播种的"清华"
这里是岁月青春谱写的美丽诗篇

如今那寄托我们情感的灰色大楼
永远消逝在我们眼前
那记录我们成长的岁月和蓝天
却永远停留在我们心田
拆不去
我们对这片土地绵绵的眷恋
对这片家园永久的怀念！
我们曾经的家——宿舍楼拆了！

2014 年 4 月

The Homeland Where Our Souls Were Immersed

The dormitory which was built in 1960s, is one of the oldest buildings of Tsinghua University High School. It carries the style and feature of the times as well as the memories of the youth.

The dormitory once our home has been pulled down
There are many memories here
The inspiring words on the bedside
Were our firm statements and deeply ingrained commitment
The pictures of our idols
Showed our desire and pursuit
The bunch of books beside our pillows
Witnessed our conversations with "master-mind" all through the night
The guitar which was hung on the wall
Reminded us of many beautiful melodies
Which lingered around our ears
The round basketball under the bed
Recorded many matches we played with our rivals on the campus
So many unforgettable things capturing our youth
This was our joyful harbor

The dormitory once our home has been pulled down
So much anguish, confusion and nostalgia was produced here
Teachers guided our impractical imagination
Young naivety was shown year after year
Hankering for fun has been changed into noble interest
Going to our ideal land with happy dreams...
So many unforgettable memories from the past
Built our flying dream paradise

The dormitory once our home has been pulled down

So much passion of youth like undying fire was burning here
Pure friendship was sown and grew here
Vague puppy love grew like gentle ripples on the lake
The rebel was tempered in the colorful life on the campus
Suffering from setbacks was comforted by teachers
Souls were warmed and immersed
Moral integrity was tempered and cultivated
So many unforgettable moments in our youth
The spirit of Tsinghua was sown during this period
The beautiful poems were written during this time

Now the grey building that laid our affection has
Disappeared in front of us
But the times and the blue sky
Which recorded our growth will remain in our hearts
That can't be pulled down
The deep affection and the memory we entrusted
To the land which we once lived on
The dormitory once our home was pulled down

April，2014

亲情 · 友情

这是一粒思念的种子
每时每刻都在默默地生长
这是一粒埋在心底的种子
一生一世都在思念

在北美，在湖边的那间小木屋

在北美著名的五大湖区
在苏必利尔湖的湖边
在茂密的丛林中
有一间小木屋
它长长的阳台伸向湖中
湖中的水幽蓝，清澈
像水晶一样的透明
湖的周围是一望无际的森林
这里鲜有人来
这里静谧无声
只有湖水拍岸和风吹树叶的声音

小木屋里住着一对老夫妇
他们热爱艺术，为艺术而结缘
在小木屋几英里之外
有一个只有十几户人家的小镇
小镇叫 Grand Marais
当年印第安土著人起的名字
这里风景如画，人烟稀少

小镇上有一个艺术沙龙
很久以前
有一个叫 Byron 的画家
在这里当艺术老师
某年某月
一位热爱艺术的姑娘到这里写生
在沙龙里向 Byron 老师学习绘画
姑娘名叫 Emma，白皙修长，一头金发
Byron 虽已中年，却依然孤身一人

不久 Emma 被 Byron 的丘比特之箭射中
从此两人就厮守在这美丽的地方
Byron 从年轻时就在这里写生
爱上了这里，就在湖边盖房
后来他俩就在这湖边小木屋
编织着爱的小巢

再后来他们在城里定居，生儿育女
Byron 在艺校当老师
Emma 经营一家艺术商店
日子不很富裕，但却很温馨
两个女儿乖巧动人，如今也已长大
两人都继承了父母的艺术基因
一个学习舞蹈，一个学习音乐
每年冬夏他们都要到那湖边的小木屋
没有电视，没有音响
看景，划船，作画
远足，滑雪，读书

1984 年，从遥远的中国
来了一位年轻教师 Ying
Byron 和 Emma 成了 Ying 的监护人
一个是 host father
一个是 host mother
从此，Ying 成了 Byron 家里的成员
带他见过几乎所有的亲戚
参加家庭组织的几乎所有活动
周末的礼拜，家人的生日宴会
朋友的聚会，圣诞节、复活节的家宴
家庭的假期短途旅游
甚至带他去老人院
看望 Byron 八十多岁孤寡的姑姑
假日里他们一起去湖边的小木屋
独木舟，滑雪，很多乐趣

他们发现 Ying 嗓子好，歌声美
就一定要出钱让 Ying 学钢琴
每周去和女儿的老师学琴
连路费都想着替他出
其实他们的家庭并不是那么富有
为了让 Ying 提高英语水平
Emma 帮助他联系附近的大学学习
并争取到当地居民的收费标准
因为 Ying 在这里工作没有工资
只有每天一美元的津贴
Ying 在当地的一所中学教中文
Emma 经常了解他的工作情况
帮助他出谋划策

Ying 的到来也给这个家庭带来许多乐趣
Ying 爱唱歌，经常给他们唱中国歌曲
Ying 的箱子像个百宝箱
里面经常会变出各种东西
砚台、茶叶、字画
剪纸、脸谱、景泰蓝……
每逢节日
每位家庭成员都会收到一份中国礼物
让每位家人都乐不可支
Ying 还可以做中国饭
炒米粉，包饺子，做春卷
让全家品尝了中国风味
晚饭后喝茶时间
Ying 常与二老长聊
尤其是在那湖边小木屋里
在静谧的丛林间
听着屋外湖水拍岸
Ying 把自己的故事娓娓道来
有时，外边大雪纷飞屋内却温暖如春

听着壁炉里燃烧的木块噼啪作响
Ying 讲述着中国的传统和变化

幽静的湖边小镇经常会出现一些旅游者
很少有外国人，特别是中国人
Ying 是这里来过的第三个中国人
Emma 会带 Ying 去拜访一些老住户
小镇上的人几乎都认识了 Ying
见面时都会热情地打招呼

半年后，Ying 要回国了
临行前话别，Ying 说：
我如何来报答你们对我所做的一切
Byron 一字一句地说道
来看我们就够了
Ying 无语
因为，他知道对他们过多的客套没有用

他听过 Emma 给他讲过的故事
当"二战"刚刚结束
Emma 还是一个小姑娘
欧洲许多国家的人民缺衣少食
一些民间组织筹划为难民捐物
Emma 把自己一件心爱的连衣裙
捐了出来
并指定要捐给一位与她同龄的姑娘
裙子果真让奥地利的一位同龄姑娘收到
从此，她们俩鸿雁传书
一直到奥地利姑娘结婚生子
多少年后，又是某年某日
奥地利姑娘带着自己的两个孩子
来到美丽的湖边小木屋
再后来
不幸的奥地利姑娘得病去世

友谊又延续到下一代
两个孩子继续与他们联系
他们大学毕业后
也都先后又到过这湖边的小木屋
Ying 被裙子的故事而深深地感动

二十多年过去了
Ying 年年与他们鸿雁传书
每年圣诞节都要互寄贺卡
Ying 曾多次邀请他们来中国家里做客
但 Byron 都以岁数大不宜远行而推脱
Ying 知道他不愿离开那湖边的小木屋

又是某年某日
已成了副校长的 Ying
第二次来到这个城市
Byron 一家人早早来到机场
Ying 与他们紧紧拥抱在一起
已是耄耋老人的 Byron
驾车五个多小时从湖边来到机场
第二天，却非要再驾车 5 小时
把 Ying 送回到湖边小木屋

小屋的不远处盖起了一间大房子
是 Byron 他们退休后在此建的
代价是卖掉了城里的房子
这意味着，他们从此将远离城市
在此安静地度过余生
房子很高，有三层
站在三层可以透过树丛看远远的大湖面

两个女儿都分别出嫁，又都分别离婚
对此，老两口也无可奈何
每天 Byron 画画，看书，听音乐

有时帮 Emma 洗碗，做饭，或到镇上走走
Emma 收拾家务，做园艺
每周两天去小镇上的商店做义工
房间里也有了变化
增加了各式现代用品
电视，网络，现代炊具各式各样
Emma 用它们为 Ying 做这做那

一周之后，Ying 要走了
Byron 和 Emma 将他送到城里
Ying 坚持不让他们送到机场
他怕老人受不了机场的告别
望着他们远逝的身影
Ying 在默默地祝福
湖边的小木屋啊，爱情的小巢
五十年来，你见证了他俩的爱情
你替他们遮风避雨，阻霜挡寒
湖边的小木屋啊，友谊的暖房
三十年来，你见证了他们的爱心
书写了中美友谊的赞歌

谢谢你，湖边的小木屋！
再见吧，湖边的小木屋！
我将永远怀念你！

2011 年 9 月

In the North America, in the Wooden Cottage of Lake Side

Within the famous five big lakes in North America
By Lake Superior
In a dense forest
There is a rustic cottage
It's long deck jutting out into the lake
The lake is dark blue and crystal clear
Boundless forest encircles this sea of tranquility
Quiet and peaceful
Only the sound of waves lapping against the shore
And the rustle of the gently blowing leaves

An elderly couple live in the cottage
They have a deep passion for art
Eternally bonded through this mutual love
Within a few miles there is the small village of Grand Marais
The landscape like a painting with seldom a passerby

In the village there is an art salon
Long ago an artist named Byron taught art here
A young woman with a passion for art once came here to study
Learning still life painting from Byron
Her name was Emma, tall and fair with golden hair
Although Byron was middle aged, he was still single
Before long, Emma was struck by cupid's arrow
The two settled down together in the beautiful area
Byron had been doing still life painting here since his youth
Having fallen in love with the area, he made a home
And with Emma wove a nest of love

Later they took up residence in the city and raised a family
Byron became a teacher in an art institute
Emma ran an art store
There were not days of wealth, but the days were full of warmth
Their two daughters, charming and lovable, are now grown
Having inherited their parent's genes
One studies dance, the other music
Every winter and summer they go to the cottage
No TV, no Stereo
Marveling at the scenery, taking the boat out, painting
long walks, skiing, reading

In 1984, from far away China
Came a young teacher named Ying
Byron and Emma became Ying's guardian
One is a host father
One is a host mother
From this time on, Ying became a member of their family
They took him to meet nearly all of their relatives
They took Ying to almost all family activities
Weekend religious services, family feasts
Friends'parties, Christmas and Easter gatherings, short holiday outings
Even taking him to see Byron's eighty years old aunt in the nursing home
On vacations they would go to the cottage by the lake
Canoeing, skiing and having much fun

When they discovered that Ying had a strong voice
They insisted on taking him to study the piano
Every week he would go to study with the daughter's teacher
They paid for the travel costs, even though they were not wealthy
To improve Ying's English ability
Emma helped him to get in touch with the local university
And even to qualify for the local tuition rate
Ying was without salary, living on only a dollar a day allowance

He taught Chinese at a local middle school
Emma always understood his work situation
And helped him to come up with many ideas

Ying's presence also brought much happiness to the family
He loved to sing and would often sing Chinese songs for them
Ying's luggage was like a treasure chest
From which would often appear any number of things
Inkstone, tea leaves, calligraphy
paper cut outs, Beijing Opera Masks, cloisonne
Each holiday, everyone in the family would receive a gift
Bringing overwhelming joy
Ying could also cook delicious Chinese food
Fried rice, dumplings and spring rolls
Giving the family a chance to taste original Chinese cooking
After dinner, over tea
Ying would engage in long conversations with the couple
In the cottage, with the quiet of the forest
Listening to the waves gently lapping against the shore
Ying would tirelessly share his story
Sometimes when the snow was blowing outside, ensconced in the
warmth of the cottage and listening to the crackling of the fire
Ying would talk of the changing traditions of his country

There were often tourists visiting the local village
But there were seldom foreigners, especially from China
Ying was the third Chinese to come here
Emma would take Ying to visit long-time residents
He would always receive a very warm welcome

After half a year Ying prepared to return to China
Just before departing Ying asked:
How can I repay you for what you have done for me?
Bryon simply answered: By coming to visit us
Ying was speechless

As he knew there was no use for cordialities

Once he listened to Emma recount a story:
Just after the end of the Second World War
Emma was just a young girl
Many people in Europe were without clothing or food
Some civil groups organized a plan for donation
Emma donated her most beloved items to the cause
Even giving her dress to an Austrian girl of the same age
From then on, they began an ongoing correspondence
Up until the young Austrian woman was married
She even later brought her two beautiful children to visit the cottage
Years later, the Austrian woman became ill and passed away
The friendship then extended to another generation
And the two children continued to correspond with Emma
After they graduated from college
They again returned to the cottage
Ying was deeply moved by the story

Twenty years later
Ying would still send annual greetings at Christmas time
Many times Ying has invited them to visit China
But Byron would decline because of his aging body
Ying also knew it was not easy to leave this quaint little cottage

And then once, after Ying had become a principal
He returned to this enchanted place a second time
Bryon's entire family came out to greet him
Ying traded long, long embraces with them all
Already well into his 80s, Byron had driven five hours to receive him
On the second day he would drive five hours again to take Ying back to
the cottage

The cottage had turned into a large house
Built by Byron after he retired

At the price of selling their house in the city
They had now said goodbye to the city life
To pass their remaining days in the comfort and quiet of this retreat
The house was now three storeys high
With a spectacular view of the lake from the third floor

The two daughters had both divorced, leaving the couple dismayed
Every day Byron would paint, read and listen to music
Helping Emma clean, cook, and take strolls to the village
Emma would do housework, and gardening
Twice a week she would do some volunteering at a local store
The house had changed as well
Inside many modern appliances had been added
TV, internet and all types of cookware

After a week when he was preparing to go
Byron and Emma took him to the city
Ying would not allow them to drive all the way to the airport
He felt that the departure there would be too much for their big hearts
As he looked at the elder couple fading in the distance
Ying silently made a blessing:
Oh, little cottage by the lake, nest of bliss
For fifty years passed, you've witness their love
You've protected them from wind and rain, frost and freeze
Oh, little cottage by the lake, you warm friendly home
For thirty years you've witnessed their compassion
A hymn of China-American friendship has been written

Thank you, little cottage by the lake!
Good bye, little cottage by the lake!
I will always remember you!

September, 2011

校园里那只带伤的夜莺

——记清华附中音乐老师王玉田

你是一只带伤的夜莺
明知生命不会长久
却还是不停地歌唱
歌唱就是你的生命
不歌唱，毋宁死
你歌唱
校园的春天
你歌唱
田野的花朵
你歌唱
青春和理想
你歌唱
纯洁的友谊
你歌唱
高尚的爱情
你歌唱
海浪与白帆
你歌唱
不屈的灵魂
你的歌声像一阵阵春风
你的歌声像一丝丝春雨
你的歌声像一缕缕阳光
你的歌声像一股股清泉
飘扬，飞舞，激荡
在五月鲜花的舞台上
在新年联欢的晚会中

在少先队植树时的春风里
在共青团夏令营的篝火旁

你是一只幸福的夜莺
因为你找到了自己的价值
你是如此忘情地歌唱
忘记了疲劳，忘记了伤病
尽管声音已沙哑
尽管声带已出血……
人们为你多情的歌声而感动
忘记了你的伤痛
为你举办了音乐会
而就在那个隆重的音乐会上
你永远离开了我们

这是生命的绝唱
这是英雄的赞歌
泪水滴在人们给你的鲜花上
泪水洒在你热爱的校园里
带伤的夜莺啊，忠实的夜莺
你永远地停止了歌唱
但你那婉转悠扬，充满激情的歌声
将永远地，永远地——
留在我们的心上

王玉田老师 1956 年高中毕业后，毅然放弃了进大学深造的机会，来到清华附中。他从初中二年级起就开始发表作品，到他去世时的四十年中，已把千余首歌奉献给了孩子们。就在二十二岁那年，他接到了"患先天性心脏病"的诊断书，有大夫预言他活不过三十岁。可几十年时间里他没有被疾病吓倒，他一个人担任了全校课内外的音乐教学工作。他教音乐不仅是教唱歌，还多次进行教改探索，开设音乐的必修课、选修课；编写音乐教材和音乐欣赏教材；将歌曲作法引进课堂；组织合唱队、军乐队、舞蹈队、话剧队，自编、自谱、自导了很多歌舞、剧目，以启迪学生们的创作思维。工作之余，他也为青少年创作了大量优秀歌曲，并屡屡获奖。1991年9月8日，清华附中在北京音乐厅为王老师举办《王玉田从教三十五周年作品音乐会》，就在音乐会开场前几分钟，王老师又一次心脏病发作，手捧着献给他的鲜花倒在座席上，给生命画上了终止符，终年五十五岁。

王玉田从教三十五周年作品音乐会

中国音协主席吕骥（中）与王玉田老师（右一）在贵宾室交谈

在王玉田作品音乐会上，万邦儒校长（左一）微笑着看
著名科学家朱光亚（右一）签名

生命中的圆和线

2015年5月23日，吴承露老师追思座谈会有68人参加，大大超出预计。会上，众校友充满深情地回忆吴老师生前的感人片段，说到动人处，常常哽咽，使我感触良多，特以诗志之。

当初
教我们把一个个圆
变成
一朵朵花，一颗颗星
当初
教我们把一条条线
变成
一个个湖泊，一片片云彩
当初
教我们把一种种颜色
涂抹成
一层层浪花，一缕缕阳光

如今
这平凡的圆和线
已经变成我们生命的指南
圆是坚守，线是路标

如今
这简单的圆和线
已经变成五彩缤纷的花朵
装饰着我们美丽多彩的人生

如今
这连接着我们一生的圆和线啊

已经变成一盏盏温馨的烛光
照耀在感恩的心灵中
闪烁在思念的泪光里

吴承露（1918—2004 年），1936 年毕业于国立北平艺专。1949—
1959 年在清华成志学校任教，1960 参加清华附中高中部建校并任教
至 1982 年退休。1977 年被评为北京市模范教师。1994 年 4 月 15 日
在中国美术馆举办《吴承露书画展》，是首位在中国美术馆举办个人
画展的中学教师。北京市副市长胡昭广为书画展题名。

吴老师曾蒙受齐白石、张大千、黄宾虹、李苦禅诸大师亲切指
导，并有机会和张大千在颐和园朝夕相处三年，获益匪浅。张大千称
吴老师是"一手中西均擅长"。吴老师 1952 年曾谢绝清华大学和天津
大学等著名学校聘请，执着于中学教学，并且矢志不渝，几十年来培
养了几代学子。其高尚师德和精湛技艺深得学生和家长们的赞誉。

悼念英年早逝的刘芳老师

一头短发，身材健硕
阳光一样的热情
你是吟唱着《小路》长大的一代人
艰难时唱着它一路走来

不慕荣华，不恋安乐
坚守杏坛，热爱学生
自信能为祖国健康工作五十年
却英年早逝
冥冥中似乎又听见你那
高亢的喊号和爽朗的笑声

刘芳老师曾是清华附中数学教师、校工会副主席。于 2006 年 11 月 27 日因病去世。

留得美丽在人间

——记我的恩师单先健先生

你是秋日晴空里领头的大雁
带领着雁队飞向遥远温暖的南方
你是晨曦中报晓的雄鸡
呼唤着人们日出而作
你是那头把缰绳深深嵌入肩头的牛
在初春的土地上耕耘
你是海岸线上的灯塔
在黑夜里引导着渔船归港
你是长年在田间劳作的农夫
细心呵护着幼苗，看护着快要成熟吐穗的庄稼
你是报春的梅花
在冬去春来时，你在花丛中微笑

八十多年的风雨沧桑
五十多年英语教育的经历
上百次的教学研讨会
几千节的听课记录
几百万字的教育教学资料
数不清多少次与青年教师的倾心交谈
构成了你的平凡而充实的教育人生

这平凡化作一幅幅美丽的图画
像奔腾不息的江水
像出淤泥而不染的荷花
像一棵老而弥坚的松树
永驻人间

这平凡化作一个个温馨的思念
像淡淡的茶香
像潺潺的小溪
像暖暖的春风
永驻我心
温暖我，感动我，警示我，激励我
在英语基础教育的沃土里耕耘

2012 年 4 月

单先健老师"文革"前是北京外国语大学的讲师，"文革"中被下放到海淀区进修学校任英语组组长，负责海淀区中小学的外语教学。在单老师的领导下，海淀英语教学从 20 世纪 80 年代开始风生水起，闻名全国。80 年代末，单老师被调到北京市基础教育研究院，负责全市英语教学，他带领全市英语教学逐步走向正轨。90 年代退休后立即被北京四中聘为顾问，一干十年，在 2000 年又被清华附中聘为顾问，一直工作到 2010 年 84 岁去世。我与单老师相识、相知三十多年，尤其在他生命的最后几年，我们成为忘年交。2012 年是单老师去世两周年，特写诗纪念他。

致我们亲爱的法比瑞秀·蒙塔雅

Fabricio Montoy 是我们国际部的加拿大籍体育老师。于 2014 年 3 月 13 日突患病去世，年仅 28 岁。全体师生痛心疾首，谨以诗悼念。

昨天，你还在催促着孩子们交作业
昨天，你还在操场上教孩子们打篮球
今天，你的遗像却挂在了门厅
带着你那永远的微笑
我不相信
那样欢快的人会永远地停止了欢笑
我不相信
那样强壮的心脏会永远停止了跳动
我就是不相信……
那棵正在蓬勃生长的大树
却轰然地永远地倒在它的第 28 个年轮
为什么？为什么？为什么？
一次次，我盯注那张死亡证明
一次次，没有答案

面对着你的肖像
默默献上这一千只带泪的纸鹤
法比瑞秀你看到了吗？
孩子们含着眼泪在央求你
"Diamond，再看看我的作业吧。"
法比瑞秀你听到了吗？
一个原来不喜欢篮球的孩子在告诉你
"Diamond，我也喜欢上篮球了。"
法比瑞秀你听到了吗？
一个原来不喜欢运动的孩子在告诉你
"Diamond，我长大后要像你一样热爱体育。"

仰望着你的肖像
我仿佛看到你变成故乡的一棵枫树
一种在秋天里，挺立在山坡上的
高大火红的枫树
那迎着阳光的
灿烂的枫叶就是你的笑容
那微风中
沙沙作响的枫叶声就是你欢快的笑声
那宛如朝霞般的枫树林啊
就如同你火一样的热情
燃烧，燃烧，燃烧
那一簇簇美丽舒展的红枫叶啊
就像一只只红色的蝴蝶
在校园里飞舞，飞舞，飞舞
把快乐，把欢笑，把鼓励带给别人！

凝视着你的肖像
我知道你就要被带回家乡
回到那枫树生长的地方
我在心里默默地希望
希望能让你安睡在高高的山上
在那片美丽的枫树林里
脸一定要向着东方
看着你所喜爱的孩子们健康成长
希望能把你安葬在大海的附近
在那高高的山崖边上
头一定要向着东方
让海风和海浪带给你我们无限的思念

2014 年 3 月 13 日　夜

Diamond，"宝石"。是孩子们给法比瑞秀·蒙塔雅（Fabricio
Montoya）起的绰号，意为闪亮、高贵、有价值。

To Our Dear Fabricio

Fabricio was a PE teacher of THIS. On March 13, 2014, he died of a sudden illness, at the age of twenty-eight, and all the teachers and students were shocked and sad. In the moment of sadness, I wrote this poem.

Yesterday, you urged your students to finish their work to the best of their ability
Yesterday, you were still motivating the young men on the basketball court
Today, your photograph is hanging silently in our hallway
A snapshot capturing a signature smile
And I don't believe
That such a man could ever lose that smile
I don't believe
That your strong heart would ever stop beating
I refuse to believe that...
Such a powerful tree can suddenly fall at its twenty eighth rings
Why? Why? Why!
Numbly I gaze at the death certificate
In search of answers which never arrive

The students stand under your photograph in the lobby and say
Look, we have brought you 1,000 paper cranes
Fabricio, can you see them?
We are all begging you to open your eyes
"Diamond, would you please check on our homework again?"
Fabricio, do you still hear us?
A child, once resistant to playing basketball, says
"Diamond, come out to play hoops with me!"
Fabricio, can you hear me?
Through tears a boy looks up and says to you
"Diamond, one day I will grow up to be like you
Passionate about sports and life."

I stand beside your portrait and look at you
You seemed to turn into a maple tree that grew in your home country
A tree in autumn standing high at the top of a hill, bright red
In the morning air, the sun glistening through the leaves
Reminding me of your smile
In the sunlight, the breeze gliding through the leaves
Reminding me of your laughter
Like dawn bursting through morning clouds
The leaves flame to a deep red hue
Reminding me of your fervor
Stay. Forever burning, burning, burning
Remain as this glorious tree, allow those glorious leaves
To fly like butterflies and carry happiness and encouragement
You once had given us

I now stand gazing at your portrait
I understand, you will be taken home
And go back to the place where you grew up
Where the original maple seeds first grasped the earth
And I pray, in silence, in the fullness of my heart
That you will find peace at the top of a mountain
And there grow among the other maple trees
From this summit, look toward the east
To see your beloved students, school and faculty, thriving
Or I wish you would be buried near the sea
At the edge of a cliff, with your head facing the east
And the waves and winds
Endlessly striving towards you
Carrying our love to you.

March 13 evening, 2014

The students gave Fabricio the nickname "Diamond", which connotes a gleaming object, noble and priceless.

八宝山扫墓忆先父

年年陵园哭父，
时时梦中相遇。
每忆不能常尽孝，
引得追悔无数。
驱寇守疆航天，
一生廉洁敦厚。
晚年无奈忙厨事，
留得深情无限。

于 2012 年 4 月 5 日清明节

父亲抗日战争时期在山东参加八路军，历经几十次战斗，多次负伤，最终打败日寇。又跟随陈毅将军挥师南下，直至台湾海峡，后驻守福建沿海多年，于 1958 年被调入国防部五院一分院，从事航天事业。1998 年 3 月 15 日病逝，骨灰安葬于八宝山革命公墓。

送歌友

二十七载荷塘边，
歌声联友谊。
为求高雅人消瘦，
舞台却风流。
苦追求，
已白头，
终不悔，
激情依旧。
水木弦音，
响彻清华。

2011 年 12 月 5 日

闻金丽华老师因冬季寒冷，年事高，身体不适，且家住较远，决定暂离清华大学教师合唱团。金老师 27 年风风雨雨参加排练，为艺术一丝不苟，对我团一往情深。如今离团，依依之情，难以言表。特写诗表达。

前排左一为金丽华老师

海南情话

2010 年春节，我与爱妻卢石在海南旅游，漫步在美丽的亚热带山水中，碧水蓝天不仅令人陶醉，也引发了我的诗情。

在热带天堂
在天涯海角
在美丽的海滩
在海天一色的地方
徜徉着一对夫妇
清晨
他们携手于海岸
看日出海上
白天
他们戏水于海滩
任海水打湿裤脚
傍晚
他们并肩坐在岩石上
凭海风吹拂头发
夜晚
他们漫步在海边的椰林中
听海浪拍岸
三十年的相濡以沫
三十年的同甘共苦
三十年的风雨同舟
三十年的荣辱与共

他们用心血编织着梦想
他们用汗水描绘着幸福
他们用热情打拼着事业
他们用爱心支撑着家庭

记忆像绵绵的海水涌起
曾记否？
母校相见
一见钟情
家人反对
难挡情深
几度海外学习
饱受分离之苦
送子出国
倾囊相助
忧子之心
百受煎熬
如今
他们已步入中年
银丝已布满双鬓
皱纹已爬上眼角
回眸三十年
他们无怨无悔
虽不是名人
但受人尊重
虽不是老板
但精神富有

面对未来的时光
这对夫妇在畅想
如何让生命再放异彩
在"海之恋"前留影
这对夫妇许诺
相伴到永远
大海见证，蓝天记录
生命不能延续
爱情却可以地久天长
在远古
在天涯海角

在那"鹿回头"的山崖
留下一段美丽动人的爱情故事
在 2010 年的春节
在那对夫妇走过的海滩
留下的是那爱的永恒……

"鹿回头"的故事：

很久很久以前，有一个残暴的峒主，想取一副名贵的鹿茸，强迫黎族青年阿黑上山打鹿。有一次阿黑上山打猎时，看见了一只美丽的花鹿，正被一只斑豹紧追。阿黑用箭射死了斑豹，然后对花鹿穷追不舍，追了9天9夜，翻过了99座山，一直追到三亚湾南边的珊瑚崖上。花鹿面对烟波浩瀚的南海，前无去路。此时，青年猎手正欲搭箭射猎，花鹿突然回头含情凝望，变成一位美丽的少女向他走来。于是他们结为夫妻。鹿姑娘请来了一帮鹿兄弟，打败了峒主，他们便在石崖上定居，男耕女织，子孙繁衍，把这座珊瑚崖建成了美丽的庄园。"鹿回头"也因此名扬于世，就连三亚也因此被人们称为"鹿城"。

假日访师

2012 年春节期间，我三十年前的学生刘德良乘车 2 个小时从通州来看我。先到我旧处，未见。知我已搬家，遂又打电话得新址后找来，手提三大件礼品盒上 6 楼，累得呼哧带喘。确实令我感动。遂记之。

手持果与糖，气哧高楼上。
叩门方晓错，闻师已迁房。
辗转到家晚，落座问嘘寒。
别时街灯亮，挥手公交旁。

冀山板栗

那年到山里旅游
看到你站在山路旁怯生生的样儿
像风中摇曳的小栗子树
你把这些城里的阿姨们
带进了你那四面透风的家
见到了你那残疾的母亲
阿姨们眼眶都湿润了

从此，你每月都收到阿姨的来信和汇款
从此，你每月都要汇报你在学校的表现
上高中时，阿姨让你报考了市里的重点高中
当你把考上清华附中的喜讯告诉给阿姨时
阿姨的眼眶又一次湿润了

三年高中，四年大学
阿姨一直在关注着你
直到有一天阿姨病倒了
你才知道阿姨得的是脑癌
你不顾一切地冲向医院
每天陪伴着阿姨
心中不断地祈祷
好人一生平安……

如今，阿姨还在慢慢地康复中
每年都要收到你从家乡带来的一袋栗子
这种栗子果实甜美
又耐寒，耐涝，抗旱
阿姨说像你，像你们山里人

《吕氏春秋》记载"果有三美者，有冀山之栗"。"冀山之栗"指今燕山山脉所产的板栗。板栗的产地分布甚广，世界许多国家及中国各地都有出产，但唯燕山之栗方属三美者之一。这是由当地优质的水资源和土壤中富含多种矿物质以及特定的气候条件所决定的。

　　该生叫魏雨晴，北京昌平区银山塔林兴寿镇人，在北京体育大学王跃老师的资助下，于 2002 年考入清华附中。现已大学毕业，在一个水电研究部门工作。刚刚与离本村 5 千米外一青年订婚，生活美满。

"鸭王"聚首

2010 年 10 月，清华附中 1988 级 7 班学生在民族园附近"鸭王"聚会，商议二十年聚会之事邀我到场。席终，当年班长郭大琪代表全班赠送我一尊关公雕像，我愕然。以为祝我发财，郭则言："关公乃忠厚、忠义之士；老师乃忠厚、忠义之人也！"我感动不已。

昔日离别清华园，今朝聚首民族园。
同学风华依旧在，先生壮心岁更坚。
举杯谈笑忆当年，停箸闲话说旧事。
悠悠岁月二十载，绵绵不尽附中缘。

忠义为师

授业解惑三十载，扪心一生何以为。
昔日学生赠关公，为师杏坛贵忠义。

和范青山同学

又相逢
附中一生缘
阅尽人间沧桑事
更念同窗少年情
常梦回校园

附：忆江南

再聚首
醉是师生情
把酒欢颜谈往事
举杯相祝心意诚
他日再相逢

范青山

赠友人闫梦醒

三代莘莘清华人，一样拳拳报国心。
荷塘几经风和雨，满池红花绿叶新。

2012 年 2 月

闫梦醒老师是我多年朋友，一家三代都在清华工作，几十年经历
坎坷为清华做出较大的贡献。

蛇年祈福薛教授

科研文艺两栖星，清华上下都识君。
有幸迎来金蛇年，祝君家旺事业兴。

2013 年 1 月

薛芳渝教授曾任清华大学化学系教授、博士生导师、清华大学图书馆馆长。从学生时代就能歌善舞，多才多艺。在清华学习工作五十余年，多年担任清华各系的合唱团指挥，是清华合唱团里的骨干和我多年的歌友。借蛇年到来，祝福他。

少女卢石

奔跑似旋风，下水犹蛟龙。
文章如流水，待友像亲人。

2012 年 1 月 30 日

吾妻卢石的生日是农历正月初八。少年时是清华附中田径和北京体育学院业余体校队员。多次获清华附中年级百米冠军，并同队友一起创海淀区 4×100 的纪录，曾获北京市蝶泳第四名。如今科研成果丰硕，发表论文五六十篇。获正高职称。待人和善，同人多有称赞。生日之时，特写打油诗夸妻。

送友人赴英

　　送同窗罗立胜教授赴英，任伦敦孔子学院院长职两年。罗兄自1977 年始在清华执教至今 36 年。期间三任清华外语系主任，一任清华外办主任。上课风趣幽默，挥洒自如，深得学生爱戴。

（一）

谈笑风生论"四级"，风趣幽默课成精。

水木执鞭已三纪，清华谁人不识君？

（二）

人曰花甲卸甲期，六十赴任无依依。

迢迢万里传国粹，款款千言忆旧时。

2012 年 12 月 26 日

　　"四级"是指大学四级考试。

　　纪，古代一纪为 12 年，世纪即百年。

凤凰名嘴

纵横全球沙场记，捭阖军情秀口奇。
疑君原为百夫长，却是名伶翘楚裔。

2010 年 10 月

凤凰卫视《军情观察室》著名主持人马鼎盛先生是清华附中初
61 级校友，著名粤剧表演艺术家"红线女"之子。既非科班出身的军
事专家，也没有从事过军事研究。凭着自己的一腔爱国热情，解读国
际上的军事要闻和我国面临的军事压力。告诫国人勿忘国耻，居安思
危。2010 年 10 月清华附中 95 周年校庆，作为特邀嘉宾在大会上发
言。此事由我联系和全程陪同，由此和他有很多交谈。他的传奇人生
和对母校的情感给我留下深刻印象。

赞"和·荷·合"音乐会

　　2012 年元旦前夕，清华大学教师合唱团在蒙民伟音乐厅举行新年"和·荷·合"音乐会，反响颇佳。我们两三个月来的辛苦终得回报。兴奋之余，写诗记之。

台上歌声悠扬，
台下掌声热烈。
新春伊始音乐会，
喜闻好评如潮。

老骥情怀依然，
年少激情澎湃。
荷塘歌声三十载，
赢得美誉一片。

2012 年 1 月

　　"和、荷、合"，即聆听和声之美，感受荷韵之情，体验合唱之趣。

勇敢飞翔

2014 年 6 月 18 日，送别国际部行政助理张程程。程程在国际部
4 年，朝夕相处，情同父女。离别时依依惜别。

每天都看见你忙碌的身影
在林中飞来飞去
尽情享受这林间的喧闹

忽然有一天你说要飞走
飞到那有大海的地方
去看海上的波浪
去看阳光下的帆船

小鸟噢
你勇敢地飞翔吧
翅膀只有在风暴中变硬
羽毛只有在阳光下丰满

小鸟噢
请你珍重
当心海上的雾霾
当心风暴的袭来

请记住
当危险来临
当你疲惫不堪
在那林中阳光照耀的地方
有你永远温暖的家！

2014 年 6 月 18 日

Spread Your Wings

This poem is to bid farewell to Lydia Zhang，the Administrative Assistant of Tsinghua International School. Lydia has worked in THIS for four years. During this time，we worked together pleasantly and developed a strong relationship like family members.

Every day
I see you busily flying about
Twittering with delight
Enjoying the hustle and bustle of the forest

But then one day
You told me
You were flying away
Flying to the place with the sea and the bay
There you fly
To see the waves dashing on the shore
To see the sailboats voyaging under the sun

Oh，my dear little bird
Be brave，and fly up high!
Only when facing the storm，will your wings be strong
Only when bathing in the sun，will you become full-fledged

Oh，my dear little bird
Please take good care of yourself
Beware of the shrouded mist
Beware of the sweeping storm

Please remember
When danger comes

When you are tired
In that forest where the sun shines
You will find your warmest home
There，for eternity

June 18，2014

（张程程　译）

当代大禹赞

——看王恩志老师微信照片有感

当代大禹似愚公，治水哪怕关山重。
千山万壑踏脚下，一腔豪情溢胸中。

王恩志老师是清华大学水利系教授、博士生导师，曾受到原国家主席胡锦涛的接见，是我多年的歌友和朋友。见到王老师站在高山之巅，脚踏山峦的照片很有气势，佩服和羡慕不已。

感恩节聚会

又是一年感恩节，国际部又长了一岁，六年来，在中外教师的精诚合作下，国际部已逐渐走上正轨，办出了特色。在感恩节之际，让我们感谢这些可爱的外籍教师们。

火鸡南瓜汤，
感恩又一岁。
High 歌劲舞小品秀，
美酒令人醉。
醉也不停杯，
合作真欣慰。
待到 THIS 成就时，
携手再同醉。

2014 年 11 月 28 日

Thanksgiving Party

With another Thanksgiving Day approaching, THIS has grown by another year. In the past six years, because of the good cooperation between the Chinese and foreign teachers, THIS has gradually come into the right course and has developed its own characteristics. On this special day, let's give much thanks to these lovely foreign teachers.

Turkey pumpkin soup
We meet Thanksgiving Day again
Loving songs and beautiful dancing
As well as some amusing plays
Sweet wine makes us drunk
But we make toasts and never stop drinking
Co-operating makes us happy
When more successes come to THIS
Let's once again go drinking together

November 28, 2014

百岁童心

——致王默老师九十九岁生日

教书一生快活事，花甲尤喜执教鞭。
喜看明朝过百岁，鹤发童心仍陶然。

王默老师是清华附中英语组退休教师，我的老前辈。她生性乐观、开朗，热爱学生，热爱教书。正值她99岁生日，特贺诗一首。

送别钢琴师陆明老师

少女常怀音乐梦，长成草原历雪风。
卅年伴琴教师团，勤勉做事美名颂。

陆明老师出身音乐世家，父亲是清华大学音乐教研室首位主任。陆老师初中时就读于中央音乐学院附中，"文革"中上山下乡到内蒙古。回城后在清华大学工会工作，为教师合唱团伴奏 30 年，深得老师们欢迎，因身体原因离开合唱团，离别之际赠诗一首。

四十年聚首

清华入学四十秋，
羊年外院又聚首。
当年小苗结硕果，
以茶代敬谢师酒。

筱青浑身好技术，
专利局里成翘楚。
周林豪游五十国，
南极企鹅同起舞。

小古面包香又甜，
佳品众尝齐点赞。
杏芬偷闲游诸国，
满红带孙如坐班。

吴彧做官更老道，
老齐感慨遇旧恩。
英民逢时把歌献，
潘雪听罢泪涔涔。

老于笑言终当爷，
喜看儿孙膝下欢。
李丽慨叹育女难，
千金如今成"央宝"。

坎坎坷坷四十载，
平平常常弹指过。
人生苦难曾几何，
夕阳无限喜乐多。

2015 年 3 月

 "央宝"指中央电视台骨干，戏称"央宝"。

生命感悟

每一个不曾起舞的日子，都是对生命的辜负。

——尼采

赞美你的生命

——史铁生先生逝世一周年祭

我要拨动美妙的琴弦
我要吹响震天的号角
我要敲响欢快的手鼓
我要伴着节奏放声歌唱
我赞美你，铁生
我赞美你的生命
我赞美你对待生命的理解
我赞美你对待生命的态度
面对你如此壮丽的生命
面对一个如此缤纷多彩的世界
我不禁要问：
生命啊，生命是什么？
生命啊，生命该怎样度过？
佛教说：生命是流转
是无始无终的轮回
生物学家说：生命是蛋白质存在的一种形式
是物质最高级、最复杂的运动形式
文学家说：生命像是东流的一江春水
聚集起许多细流向大海奔腾
诗人说：生命
那是自然界给人类去雕琢的宝石

某位官员告诉我
生命是为人民服务
但是他却让人民都在为他服务
某位富商说

生命就是美酒佳肴
而人们却指着他那硕大的肚皮说
瞧，这就是他享受的代价和生命的特征
某位阔少说
生命就是香车美女
他每天的生活就像公鸡追逐母鸡那样
不时还要高傲地抖抖自己彩色的羽毛
某位教授严肃地说
生命就是立德立功立言
而他的弟子却发现他的著作多半是抄袭。

生命是什么？
你说：生命不是坐而论道，生命不是索取
生命是给予，是平静地、真诚地给予
你生前就嘱咐家人
将你的肝脏、脊椎和大脑全部捐出
天津的一位生命垂危的三十八岁肝病患者
因你而获得重生
从而见到了他刚刚出生的孩子

生命是什么？
你说：生命是挣扎，是抗争
抗争命运，无须去期盼得到别人的同情
你 21 岁瘫痪，48 岁患尿毒症，60 岁病逝
你获得了重病的体验
你始终在同命运抗争
"人可以被打败，但不可以被征服。"
你把海明威的名言作为你生命的格言

生命是什么？
你说：生命是创作
哪怕是在透析后能勉强坐立的半小时
你都用来写作
即便是每次几十个字

你都不放弃
你是用整个生命在创作
你生前留下百万字的作品
两次获"鲁迅文学奖"的殊荣
"尽管你的职业是生病，业余是写作"
你是那种敢于把名字写在自己作品上的人

生命是什么？
你说：生命是超越
超越自我，超越生死
"死是一个必然会降临的节日"
"把悲观认识清楚了就是乐观"
你面对病魔那爽朗的笑声
就在说明
你早就看淡了生死
因为生命的最高境界是永恒

生命是什么？
你说：生命是享受
像鱼儿享受潜水
像雄鹰享受飞翔
像蜜蜂享受花粉
像小鸟享受歌唱
作家享受写作的快乐
享受作品被欣赏的快乐！

我赞美你，铁生
我赞美你的生命
你是海迪
你是霍金
你是海伦·凯勒
你是保尔·柯察金
不，你就是你
你用生命写作

你与时间赛跑
你虽不能行走四方
你的心却如此辽阔
你虽坐在轮椅上
你却比许多站着的人更加高大
你是坐在轮椅上的巨人
你所走过的足迹
已成为多少附中校友的生命路标

我赞美你，铁生
我要大声地赞美你
赞美你的生命
你的生命启示我
生命是火，应该尽情地去燃烧
生命是箭，应该准确地奔向目标
生命是激流，应该奔涌澎湃
生命更应该是金子
要经得起沙砾的磨砺

我赞美你，铁生
我要再一次大声地赞美你
赞美你的生命
你的生命告诉我
生命的质量不在于残疾与否
而在于对美的追求
在于人性的张扬
在于思想的魅力
在于精神的闪光

我赞美你，铁生
我要再一次、再一次大声地赞美你
赞美你的生命
你的生命教会我
生命的过程并不都是欢乐

生命的过程有时也很痛苦

生命的过程有时也很寂寞

生命的过程有时也很无奈

把握生命，远离世俗，在低谷中坚强

生命才能辉煌

让我们一起拨动美妙的琴弦

让我们一起吹响震天的号角

让我们一起敲响欢快的手鼓

让我们一起伴着节奏放声歌唱

赞美你，铁生

赞美你的生命

因为——你使你的生命永恒！

2012 年 1 月 29 日

史铁生是清华附中初 65 级校友，著名作家。我和他只见过两三面，都是在校庆期间，都是有一大群人簇拥着他，没和他说上话，手里也有他的电话但没打过，这成了我终身的遗憾。其实我心里特别地惦念他，敬佩他。2012 年 1 月 4 日是他 61 周岁生日。逝世一周年，写一首诗，寄托我的哀思，愿他在天之灵安息。

双引号中均是史铁生语。

我拿什么来报答你——祖国

2012 年 2 月 3 日，携妻儿到国家博物馆参观《韩美林艺术大展》，展出作者十年艺术新作，气势恢宏，很震撼，更为感动的是他那颗拳拳的报国之心。他在"文革"时深受迫害，手筋被割断。而如今75 岁仍像年轻人那样地投入创作，真让人感叹，佩服他的艺术青春。正如冯骥才先生不无幽默地说："韩美林是个天才，是天上掉下来的林妹妹。"

三千二百多件艺术品
六千多平方米的展厅
在全世界最大的博物馆
在中国最高的艺术殿堂
一个人的艺术展，史无前例
你让朋友们瞠目
你让世人惊叹！
十年时间
从六十五岁到七十五岁
带着心脏搭桥的身躯
却做出如此的壮举
美哉！韩美林！
壮哉！韩美林！
你说你是一头牛
这辈子注定要干活
你说人这一辈子
最重要的是给后人留下什么
你一个刚烈的山东汉子
谈起祖国却热泪盈眶
你让朋友们不要理你
你让别人不要叫你开会
你甚至说希望把你关进监狱，不要让人打扰

你要把肚子里的东西统统倒给祖国
你说人这辈子，钱够花就行
你要把你艺术馆的全部藏品献给国家
我忽然明白
你那苦行僧般的劳作
你那旺盛的创作热情
你那种对艺术的执着
我也忽然悟出
你那惜时如金的态度
你那面向未来的心胸
你那永远未泯的童心
那是因为你心中始终萦绕着一句话
我拿什么来报答你——祖国！

寻找

曾经
我寻找
史诗般的生活
像父辈一样
身上刻着伤疤
肩上扛着肩章
后来
才明白
平淡到了极致也许就是史诗

曾经
我寻找
梦一般的爱情
像诗人一样
旅途邂逅
一见钟情
后来
才悟出
爱情常常是上班前的一句叮咛
下班后的一句问候

曾经
我寻找
学者般的生活
静坐书斋，著书立说
解读社会发展的秘密
后来
认真想过
专家不过是一种传说

只要全身投入生活
卑贱者也许更聪明

曾经
我寻找
牧人般的生活
赶着羊群在蓝天白云下
骑着骏马奔向草原的深处
后来
才领会
只要精神不受束缚
哪里都有青青的草原
哪里都有盛开的鲜花

曾经
我寻找
在寻找中不断丢失过去的寻找
在寻找中不断发现值得寻找的寻找
目标在寻找中清晰
身体会在寻找中一天天老去
生命却在寻找中一步步升华……

2012 年 5 月 21 日

Pursuing

Once
I pursued the epiclike life
Like our forefathers
Scars on the body
Epaulettes on the shoulders
Later I understood
Plain things which you have done extremely well
Can be an epiclike life

Once
I pursued the romantic love
Like a poet
Fell in love with some stranger by coincidence
Later
I became aware that
Loving is to say "take care" before going to work and
Greeting each other after your coming back

Once
I pursued the academic life
Like scholars
Writing a book in the study
Explaining the secret of how the society is developing
Later after serious thinking
I got to know
As long as you devote yourself to your work
The ordinary may be clever

Once
I pursued the herdsman's life

Herding sheep under the blue sky
With white clouds floating above
Riding horses and running into deeper grass
Later
I realized
As long as you aren't restrained in thinking
You can see green grass everywhere
You can smell the fresh flowers everywhere!

Once
I pursued
The process of pursuing
I missed the old patterns I had once been following
In the process of pursuing you find new patterns
Which deserve chasing
The targets are more clear while pursuing
I am getting older and older as I pursue
But my life has become better and better
In the process of pursuing

May 21，2012

人生是本书

—— 致我的青年朋友

人生是本书，胜过圣贤书。
读懂已觉晚，后悔在当初。

人生是本书，难觅回春术。
昨日不可赎，明日岂敢舒。

人生是本书，页页自己书。
字字要斟酌，行行不可疏。

人生是本书，韧字要突出。
明理勇前行，豪气永不输。

生命里，因为有你

——致我的青年朋友

你是财富
你是动力
你是导师
你是诤友
你是成功的基石
艰难时有你支持
顺利时有你提醒
失败时有你抚慰
胜利时有你鼓励
你是迷雾中的灯塔
你是黑夜中的曙光
你是发动机的引擎
你是火箭的点火器
生命里，因为有你
才有生气
才有价值
才放异彩
才显辉煌
你——就是"信念"

扬帆远航

——致我的青年朋友

人生的海啊
无边无际
人生的海啊
浪花翻滚
人生的海啊
风雨交加
哪里是我栖息的海滩？
哪里是我幸福的港湾？
哪里是我梦想的彼岸？
快张开我希望的帆
快握紧我理想的舵
跟随我心灵的指南
我要向着我生命的目的地
扬帆远航

坚守

阵地，需要坚守
尽管已付出了巨大的牺牲
信念，需要坚守
尽管有如此多的诱惑
事业，需要坚守
尽管是在惨淡经营
理想，需要坚守
尽管屡屡受到打击
梦想，需要坚守
尽管有时需要一生去守候
就像在悬崖峭壁上攀登
就像在泥泞沼泽中跋涉
曙光在前，哪管道路艰难
晨曦即现，哪怕黎明前这黑暗
去品尝坚守中的苦辣甜酸
去享受坚守中的风风雨雨
成功属于永远有梦并坚守的人们

精神砥柱

——参加北京国际马拉松比赛有感

2006 年 10 月 15 日，已过"天命之年"的我第一次参加了北京国际马拉松赛。当天正值红军长征七十周年纪念日，我以红军精神鼓励自己，最终在规定时间内完成马拉松全程——42 千米 195.4 米，特写小诗纪念。

雪山草地风雨路，赤水湘江浴血途。
遥想长征万里程，马拉可作闲庭步。

2006 年 10 月 15 日

新拳王

山呼海啸
暴风骤雨
你却岿然不动
是矿石给了你钢筋铁骨吗？
还是矿山造就了你坚强的性格？
你这老是迟交学费的穷孩子
你这矿山里背矿石的倔小子

五官扭曲
伤痕累累
你却气定神闲
是苦难塑造了你的坚强？
还是飘扬的国旗让你勇猛向前
你这一米五五的小个子
你这拳坛上的新巨人

熊朝忠，来自云南文山，中国第一个世界拳王。2000 年时他还是一个不折不扣的穷人家的孩子，因为没钱，学费没有一次是按时交的。读完职高一年级后退学，到矿山运矿，背着比自己重一倍的矿石，往返一百多趟，工作 10 小时，日挣 10 元钱。2006 年，他怀揣1800 元，离家去昆明，走上拳击之路。在最苦的那段日子，他一星期吃不上一顿肉，连拳击鞋都是借钱买的。就是在这样的逆境中，他刻苦训练，过关斩将，终于用拳头创造了历史。2012 年 11 月 24 日，击败墨西哥拳王哈维尔·马丁内斯，拿下了 "WBC" 迷你轻量级世界拳王金腰带，成为中国第一个世界职业拳王。WBC（World Boxing Council），即世界拳击理事会。

假如世界上的人与人都可以自由地交流

假如世界上的人与人都可以自由地交流
也没有武力的威胁和战争的硝烟
人们可以友好交往，和平相处
人类将是幸福的大家庭

假如世界上的人与人都可以自由地交流
也没有种族歧视和宗教的偏见
各族人民互相尊重，相亲相爱
地球将成为和谐的乐园

是什么可以让人们自由地交流？
是什么可以让人们相互理解？
是语言和文化的力量
使干枯冷漠的沙漠变成美丽友好的绿洲

让语言和文化搭起友谊的桥梁
连接五洲的宾朋，四海的兄弟
超越国界，超越种族，超越宗教
向着世界，向着和平，向着未来
迈进！

黄埔精神万岁

——读黄埔军校楹联有感

　　一日读书瞥见原黄埔军校校门的照片，校门两侧的楹联深深打动了我。上联：升官发财，请往他处。下联：贪生怕死，莫入此门。遂写下如下感言。

　　一腔热血救国，
　　马革裹尸无畏。
　　升官发财鄙之，
　　贪生怕死莫入
　　有这样的青年，
　　中国不会亡。
　　有这样的军人，
　　敌人敢小觑？
　　有这样的军官，
　　民族有希望。
　　勇哉，黄埔！
　　伟哉，黄埔！
　　万岁，黄埔！

三尺讲台的回报

幼苗是对春雨的回报
鲜花是对园丁的回报
果实是对花蕊的回报
掌声是对成功的回报
燕子呢喃是对春的回报
婴儿微笑是对母亲乳汁的回报
大地一片绿色是对暖春的回报
天空一片群星是对黑夜的回报
军旗猎猎是对胜利者的回报
麦浪滚滚是对耕耘者的回报
大河奔涌是对涓涓细流的回报
戈壁稻菽是对天山雪水的回报
节日里的一簇鲜花、一声问候
一条信息、一张贺卡
是对三尺讲台的回报

2011 年 9 月 10 日教师节

假日游园

　　2012年大年初七，与妻同游景山公园，听琴声悠扬，欢歌阵阵，见一群歌友在半山台阶上唱歌，大喜，遂加入。唱罢心情格外愉快。

　　假日闲无事，伴妻游公园。
　　行间闻歌曲，寻声上阶台。
　　但见众人聚，引吭唱红曲。
　　窃喜与众和，歌罢悦之极。

不变的诺言

2012 年 8 月，老同学王坚邀请我们的老师吴古华（清华大学外语系教授，原系主任）参加其儿子的婚礼，并作为嘉宾在婚礼上讲话。还要我和罗立胜（我大学同学，清华大学外语系原系主任）出席。吴老师知道我爱写诗，特令我为新郎、新娘写一首诗，并在婚礼上朗读。遵师嘱作以下诗。

当婚礼的乐声奏起
有情人最终携手走进神圣的殿堂
两颗心紧紧地靠在一起
你中有我，我中有你
永结同心，共浴爱河
从此，一起搭筑爱巢
从此，一起编织梦想
从此，一起迎接彩虹
从此，一起面对风雨
让爱不变，直到天荒地老
让情永远，走到天涯海角
让誓言不变，凝固到海枯石烂
让诺言永远，延续到沧海桑田

写给食堂残食台前的师傅

每天，你都要微笑着双手接过
每一位用餐者餐后的菜盘
每天，你面前都要摞起一堆剩菜盘
每天，你的围裙上都要沾上许多油渍
每天，你都要把剩菜倒入泔水桶
无论严冬酷暑
无论剩饭残羹
几千次的抬手、倒入
几千次的微笑、伸手
那苍老布满皱纹的脸上
永远是和善、友好的微笑
不论对校长，还是对学生
不论对年长，还是对年幼
没有人知道你的名字
但都记住了你的微笑
带走了你的温暖
没有人知道你的名字
但都记住了你那伸手接盘的动作
带走了你的热情和感动

我忽然明白
劳动，无论多么平凡
只要全身投入
就会爆出火花
微笑，无论什么场合
只要至诚友好
都会温暖人心
工作，不分高低贵贱
只要尽职尽责

都会令人感动
相貌，无论长得怎样
只要行为高尚
都会让人感到美丽

2011 年 10 月

谁与争锋

2012 年 1 月寒假中，一日忽发童趣，与妻去逛了 20 年没去的北京动物园。见园中新建一巨大的老虎雕像，气势凌空，遂与之合影，在照片后留诗一首。

呼啸山林中，腾跃在险峰。
犬牙加利爪，谁与我争锋？

花甲美女

20世纪70年代末，全国政协原副主席、"九三"学社主席、北大校长周培源的夫人王蒂澂是我校英语组教师，曾被誉为清华"四大美人"之一。60岁时某日，头戴花围巾，骑车回家，被路边三两混混追逐，王老师回头呵斥，吓跑混混，在清华园传为笑谈。

老妪虽花甲，体态尤婀娜。
一日上街回，泼皮追逐来。
老妪猛回头，瞪眼一声吼。
老娘已六十，能做你外婆。

周培源、王蒂澂，于1932年6月18日在北平的欧美同学会举行了婚礼，清华大学校长梅贻琦亲自主持了婚礼。此后，这对夫妇双双出入在清华园中，成为校园中一道引人注目的靓景。直到数十年之后，曹禺还对周培源的四女儿如苹说道："当年，你妈妈可真是个美人，你爸爸也真叫潇洒。那时，只要他们出门，我们这些青年学生就追着看。"

多想……

2012 年 9 月 26 日，韩庆英老师托她先生王林老师将清华大学老
龄大学出版的，以韩庆英老师为主要作者的《布艺心语》送给我，看
后很是钦佩，为韩老师及她的布艺伙伴退休后的生活热情和对艺术执
着追求而感动。特写诗记之。

曾经……
以火一样的热情
用白色的粉笔在黑板上辛勤地描绘
把学生带进神奇的知识海洋

如今……
以诗人一样的情怀
用丝绫在模板上挥洒想象，编织梦想
把繁杂的生活变成一种美丽与宁静

多想……
有魔术师一样的技巧
让这些鲜花美女、山川美景
从模板上走下来
一起来装点我们人间的天堂

有这样一份遗嘱

闻北体大 90 岁老校长轲犁溘然长逝，遗嘱是"三不，一捐"。且夫妻二人早已做了公证，颇受感动。相比时下一些官员，唏嘘不已。特写诗以哀悼。

不要讣告
不要告别
不要任何形式的悼念
对组织也没有任何要求
这是一位为党工作六十年的老共产党员
对于生者的告白

不要领导出席
不要歌功颂德
不要树碑立传
遗体无偿捐给医学事业做研究
这是一位彻底的唯物主义者
对死的态度

斯人已去，音容依旧
你留给人们心中的
是一座抹不掉的丰碑

以下是轲副校长写给离退休人员办的信。

北京体育大学
离退休人员办、
袁主任及、汪杰同志,

　　我已经七十五岁了,目前健康状况还示不错,但人生终有尽头。乘早,把该安排的事情安排好,免的一遍意外,措手不及。 现在,我有几件身后事待托继续,待托各位,

　　一、我死后,请不要让赵淑革老师来告示我的遗容。使她永远保留我生前各科活的印象。一切后事也请你们按下述请求全权代理,免除她过多悲痛和操劳。

　　二、我的遗体,脏官都捐献给医院,作解剖研我和脏官移植之用。这一点要尽快告诉医院,临死亡三五小时后许多脏官就不能用于移植了。要快,最好事先让医院做好移植准备。 大地应,不留骨灰,撒入大地,回归自然,

　　三,不发讣告,不举行遗体告别,追悼会,撒骨灰也任何仪式。

　　四,如果死在外地,不必运回北京,请按上述请求,就地办理。千万不要让赵老师去外地。

　　五,我已告诉子女,不必远道奔丧。

　　以上各点我已同赵淑革老师商量好,得到了她的赞成。如希望能够得到继续和各位的理解和支持。

敬礼!

北体大之歌

——为北京体育大学六十周年校庆而作

久居体大，见证并目睹她日新月异之变化，很是欣喜。正值体大六十周年校庆，与朋友林姗共同创作歌词一首。

西山脚下
小清河畔
白杨挺拔
绿树红墙
啊！美丽的体大
你昂扬向上
顽强拼搏
为实现百年奥运梦想
奉献青春！

西山脚下
小清河畔
莘莘学子
追求卓越
啊！奋进的体大
你质朴大气
坚韧不拔
为民族体育腾飞于世界之林
奋斗终生！

2013 年 9 月

民意

——有感十八届三中全会以来政策

三中全会立新规，祛病治弊大刀挥。
人民群众齐称颂，硕鼠贪官心自危。

载舟覆舟皆为水，误国强国看党为。
喜见倡廉称民意，切盼神州再生辉。

2013 年 12 月

人生风景图

有的人生，是秋日田野中的麦浪
有的人生，是寒霜后的菜园

有的人生，是炉膛里燃烧的烈火
有的人生，是冒烟的湿柴
有的人生，是深深的海洋
有的人生，是浅浅的水洼

有的人生，是山顶的青松
有的人生，是路边的杂草

有的人生，是通向天边的路
有的人生，是自家门前的桥

有的人生，是山崖下海浪冲击的岩石
有的人生，是小院秋风里飘零的落叶

有的人生，是雪后的原野
有的人生，是陈年的泥塘

啊！朋友
请拿起你生活的笔，在现实的画布上
描绘你喜爱的人生

2008 年 4 月

蓝天白云的遐想

——看陆明老师青海照片中的蓝天白云

我的心像那白色的云
向往那蔚蓝的天空
我的梦像那蔚蓝的天空
高高地飘在那白云的上边

心托着梦
梦牵着心
一起飞向那未知的
充满神奇的太空

美神

——赞雨后荷花

有谁注意你脚下的一片泥污
又有谁理会你昨夜在风雨中挣扎
人们只欣赏
你的亭亭玉立
粉嫩的肌肤
含苞的花蕾
洗尽铅华后的柔美

像一幅古画
历经沧桑更显珍贵
像冰山雪莲
饱受寒冷才获圣洁
暴雨洗礼后的荷花啊
你是平凡世界里的美神!

口号

多年来，空话、套话盛行，诚信缺失，有悖于我党"实事求是"的作风。作者呼吁口号从墙壁上走下，变成人们的实际行动。

工厂的大门上
永远镶着工工整整的五个字
"质量是生命"
法院的门楣上庄严地写着
"公正执法"
医院的白墙上端端正正地写着
"救死扶伤，实行革命的人道主义"
学校的过道里随处可见
"一切为了学生，为了学生的一切"
部队的大门口，哨兵伫立
"政治可靠，军事过硬，作风顽强"
齐刷刷地立在身后的影壁上
工地的脚手架上豁然挂着一大条幅
"责任重于泰山，安全大于一切"

请不要奇怪
这是一个口号盛行的时代
口号是花絮
可以到处飞扬
而行动却必须是种子
要落地开花

来自地狱的声音

近两年许多高官纷纷落马，被审判，其犯罪事实和忏悔录也见诸报端。读后发人深省，故有感而发。

寂静的黑夜
一个凄凉的灵魂在痛苦地呻吟
让我安息吧
我已经饱受灵魂的折磨
我曾经拥有权力
我曾经那么富有
多少耀眼的光环
多少漂亮的桂冠
现在我一无所有，罪孽深重
曾经的时代英雄，今天的魑魅魍魉

寂静的黑夜
一个悔恨的灵魂在痛苦地呻吟
在这漆黑的世界里
我的心像被老鼠撕咬
我渴望权力
可权力是我走向罪恶的开始
我想满足一点私欲
可那无限的私欲是我走向地狱的台阶
用什么来洗涤和赎买我的灵魂呢
我渴望灵魂能得到解脱

2015 年 3 月 20 日

生的权利

张着小嘴喘息
无力地翻动着身子
在垂钓者的小网袋里
渐渐地一动不动
没有了一点点生命的迹象

它们惊慌地在狭小的空间里游来游去
拥挤着，用头撞着透明的玻璃
在垂钓者的小水瓶中
慢慢地，它们静静地待在那里，
成了一群垂头丧气的俘虏

它们是那么纤弱
纤弱的像一枚枚曲别针
它们是那么渺小
任凭他人宰割

每次我看见那些垂钓者
我真想大声地警示我的那些小生灵们
千万不要贪恋那小小的鱼饵

每次我走过那些拿着竹竿的贪食者
我都在心里向我那可爱的小精灵们默念
快逃，逃向远方
到没有杀戮的地方
自由飞翔

每次我路过我家门前的小河
我都在祈祷

多么可爱的小生灵啊
垂钓者们！请你们放过这些小生命吧
它们也有生的权利
它们应该同我们共享青—山—绿—水

走向未来

未来究竟是什么？
未来是一个个纷至沓来的日子
未来是一页页待撕的日历
未来是一道道逐渐变深的皱纹
未来是一次次升起的朝阳

未来是渔户们刚刚播撒的鱼苗
未来是村妇们刚刚插下的稻秧
未来是播种者刚刚播下的种子
未来是工人们刚刚打牢的地基
未来是攀登者刚刚制定的下一个目标
未来是航海者刚刚升起的船帆
未来是创业课堂上一个个新作品
未来是工程师熬夜写出的一份份新计划

未来在你坚定的眼神中
未来在你昂扬的歌声里
未来在你稳健的步伐中
未来在你不变的诺言里

未来不是喋喋不休的抱怨
未来是孜孜不倦的追求
未来不是胆小者的祈求
未来是勇敢者的挑战

未来是昨天的梦想，今天的行动
未来是今天的理想，每天的汗水
未来是指引我们前进的旗帜
不管前面

有多少阴霾
多少险阻
不要害怕
不要彷徨
不要等待
不要空谈
让我们坚定不移地
一步一个脚印地
走向未来

山川放歌

我想爬上你身上的每一座山
我想蹚过你身上的每一条河
我想抚摸你身上的每一棵老树
我想拥抱你身上的每一座村庄
我想对着你九百六十万平方千米的土地
轻轻地唱出那首深情的歌"我爱你中国"

西北游组诗

　　2000 年，与几位老师赴新疆旅游，路经甘肃，回京时又经宁夏。旅途十日与梦醒兄同室，每日以写诗为趣，一日一首。旅游结束后，即凑成这一组拙诗，权当与老友凑个热闹，记录我们西北之行的见闻以及我与梦醒的友情。

西北行

瀚海如烟，
马达轰鸣戈壁走。
狂风怒吼，
热浪黄沙精神擞。

千里西域，
树绿棉白瓜果蜜，
袅袅炊烟，
丝绸之路展新颜。

沙洲访友

戈壁七月天山走，莫高酷日再访友。
绿洲杏坛今安在？大漠深处见红柳。

访七里镇石油城有感

古时征战地，今朝炼油城。
昔日黄沙烈，而今绿荫浓。

敦煌遇友

沙洲见故人，把酒侍嘉宾。

戈壁沧桑事，边疆佳话频。

送别

昨日已饯行，今遇街心亭。

手执夜光杯，悠悠送别情。

哈密一惊

哈密瓜甜酷炎炎，欲走惊闻行程延。

情急老姚唇枪见，诸君惊罢又开颜。

吐鲁番"亚克西"

一生偏爱名川访，今朝千里吐蕃游。

绿荫架下观歌舞，千泪泉边听曲流。

三苏塔史百年久，交河故城千年留。

惊叹坎井引清泉，共赞葡沟马奶"牛"。

过火焰山有感

赤烈延绵二百里，寸草无生鸟惊离。

敢学西行唐玄奘，万里取经志不移。

巴里昆草原一日

天山东，哈密边。

巴里昆草原一重天。

天蓝蓝，草青青。

万山青松接雪岭。

芨芨草，油茶花，

牧童马背扬起鞭。

曲曲菜，野蘑菇，

抓饭，扒肉，羊汤鲜。

饮美酒，唱情歌，

疑是飞上九重天。

坎儿井

（一）

牵水天山上，地行万里长。

戈壁瓜果香，坎井美名扬。

（二）

天山水绵延，灌我万亩田。

戈壁稻菽壮，坎井功德传。

天山行

（一）

抬头山如剑，低头水湍流。

车在半山走，人似云中游。

（二）

云绕群峰游，水从千尺流。

牛羊坡上走，山顶冰雪留。

上天池

天池云雾绕，清泉从天溅。

上下六十弯，剑门一线牵。

天池畅想

天池化琼酒，青松作瓦甫。
邀来西王母，天山共起舞。

访南山牧场

南山牧场阔，蒙古包座座。
草青疾马走，彪勇哈萨克。

嘉峪关怀古

边关狼烟起，旌旗号角急。
刀光舞大漠，残阳雄关里。

访莫高窟

历经千载莫高窟，中华瑰宝一珍珠。
四海游人争相睹，华夏文明誉千古。

西夏王陵怀古

党项起藏南，
窥伺中原。
雄风豪气慑宋皇，
跃跃欲试待称王，
野心昭然。

元昊建西夏，
勃勃生气，
大败宋军好水川，
奠基江山二百年，
塞外称王。

过宁夏有感

黄河之水宁夏走，塞外江南处处有。

稻香飘飘瓜果甜，小渠弯弯柳摆头。

2000 年 8 月

七里镇距敦煌七里远，是青海石油管理局所在地。

故人即清华附中 1966 级部分校友，"文革"中到青海插队，几经坎坷在敦煌青海石油管理局办学，成绩斐然。

当时哈密气温高达 40 多摄氏度，据说鸡蛋打在石头上即刻就熟。众人都热得难耐，宾馆的空调又出问题，可偏偏当日的票又告罄，顿时怨声四起，是姚文老师与导游据理力争，得使众人可上车补票，逃离火口。

"亚克西"是维吾尔族语"很好"的意思。

据民间传说，天池是西王母与周穆王约会的地方，也是西王母沐浴之地。现山中仍有一小池，据说是西王母的洗脚盆。

"瓦甫"是新疆民族乐器热瓦甫。

党项是中国古代西北的一个民族，是西夏王朝的建立者。元昊即李元昊（1003—1048 年）党项族人，西夏开国皇帝。

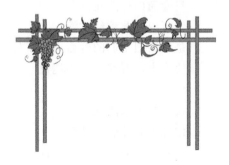

湖南红色旅游组诗

2010 年暑假，附中党委组织全校党员去湖南参观毛主席、刘少奇同志故居，并游览张家界。我与生物组胡雷、语文组张彪老师同行，相互对诗。

我爱韶山杜鹃花

我爱韶山杜鹃花
你开得如此火红繁茂
是石三伢子改造旧世界的理想
使你不屈不挠，永开不败

我爱韶山杜鹃花
你开得如此鲜艳夺目
是主席点燃的星星之火
让你漫山开放，生命旺盛

我爱韶山杜鹃花
你开得如此鲜红欲滴
是韶山烈士们的鲜血染红了你
使你永远鲜红，永不褪色

我爱韶山杜鹃花
你开得如此姹紫嫣红
是先辈们的心血在浇灌你
愿你永远坚强，美丽

再访韶山

当年立志出乡关，革命不成誓不还。
血雨腥风寻常事，自由花开遍人间。

祭　主席

大鹏展翅韶山冲，统帅运筹万军中。
百万樯橹灰飞灭，一代伟业终铸成。
一穷二白作画好，追英赶美气增豪。
可叹文革掀风暴，千秋功罪任人评。

祭　少奇

安源工运显君才，国统暗线建功来。
"叛徒"冤案终昭雪，留在人间是清白。

祭　贺龙

两把菜刀揭竿起，万支梭镖洪湖立。
革命成功几人归？从此湘西不敢回。

祭　主席家为革命牺牲的六位亲人

韶山杜鹃红，烈士血染成。
志士英灵在，永昭后来人。

访田家老院子有感

世代读书人家，几辈贡院奇侠。
崇文尚武载道，湖湘文化精华。

"石三伢子"即毛主席幼时乳名。

　　田家老院子位于张家界市城区鸬鹚湾大桥东 200 米，始建于宋仁宗庆历四年（1045 年），重建于清雍正初年（1723 年）现存房屋 30 余间。在此祖屋之内，田家共走出 800 多名精英人才。1940 年 7 月，长沙兑泽中学为避战乱迁于田家老院子，国务院前总理朱镕基亦在此就读。

游天目湖

2012 年 3 月 29 日，海淀区教委孙鹏主任、尹秋菊副主任，以及海淀进修学校罗滨校长带领海淀部分特级教师在上海、江苏、浙江考察期间入住涵田宾馆。见景而作。

银厦巍峨立崖隘，碧水荡漾映窗台。
青山逶迤两岸走，红裙飘逸踏春来。

祭　小平

　　2012年11月18日是邓小平同志的母校四川广安中学建校一百周年华诞。受王殿军校长委托，我代表清华附中专程赴川祝贺。在广安参观了邓小平故居。在邓小平同志的雕像前我非常庄重地鞠了三个躬。回想邓小平同志不平凡的一生，感慨万分，归后作诗一首。

少年西渡习马列，壮士东归展义旗。
太行策马西风烈，中原浴血鏖战急。
三陷囹圄志未移，二下江南赞特区。
一生宵旰何所求，九州社稷万民祺。

绿

2013年6月25日在台湾宜兰县一个叫"河畔花时间"的乡村温泉度假村度假。这里地处山区，环境优雅，服务热情周到。一小湖被青山环绕，周围各种花草，树木葱茏，且只有几位客人，非常幽静，恍如世外桃源，使人流连忘返。

绿山，绿水
绿草，绿树
暴雨后
天更蓝
绿更鲜
远和近，高和低
上与下，左与右
四面八方
空气中弥漫着绿
阳光里折射出绿
绿包围你，浸染你
绿醉了心，绿酥了骨
摘一片绿叶
拿在手中
沿着湖边绿色的丛林漫步
听绿风吹拂，流水叮咚
悠闲，恬静
走进湖边绿色的客房
泡一壶绿茶
静坐在绿色的窗前
慢慢地融化在这绿的世界里

夏游凤凰岭

八月暑难安，驱车凤凰山。
古刹参天杏，灯影妙峰庵。
寻洞仙人去，憩荫卧牛舁。
百威酱牛肉，好友相聚欢。

2013 年 8 月

湖边一景

——看石老师圆明园照片有感

二只天鹅巢边嬉，三四鹈鹕冰上息。
花雀五六枝头喳，偷食麻雀七八只。

在圆明园一湖边，工作人员每天都为天鹅准备食物，麻雀们常常不请自来。

夕阳与黑天鹅

——为石老师拍黑天鹅照配诗一首

白云舒卷映霞红，清水湖边孤舟横。
红嘴黑鹅水中戏，岂管夕阳与黄昏。

黑天鹅，我心中的女神

黑天鹅
你是我心中的女神
每当我走进圆明园
我都会用眼睛到处寻找你

羡慕你
在白雪覆盖的冬天
你在冰水中踽踽前行
黑色的羽毛，红色的嘴
在白色的世界里显得如此高贵
像空旷的海滩上迎着海风独行的裸女

喜欢你
在夏天傍晚金色的霞光里
与同伴们漫游嬉戏在平静的湖面
水面一道道涟漪，一片片金光
像在金碧辉煌的皇宫大殿上的一群舞女

更喜欢你
在微微荡起清波的春水中
带着儿女们游荡
沐浴着春天的阳光，发出欢快的声音
像在野外踏春赏花的一个幸福的家庭

黑天鹅
你是我心中的女神
每当我走进圆明园
我都会用耳朵在倾听

我好像听见
小荷在悄悄地生长
芦苇在风中摇曳
鱼儿在水中翻腾
小鸟在林中鸣叫
安德烈和娜塔莎在愉快地交欢
小生命在破壳而出

黑天鹅
你是我心中的女神
每当我走进圆明园
我都会用心在感受
感受你已经游进我心中的那片湖泊
并在那里筑巢
我那颗动荡的心已变得平静
每天我都会感受到
希望的荷叶在一点点生长
忧伤的冰雪在一天天融化
春天的脚步在一步步走近
欢乐正在拍打着翅膀起飞
啊！黑天鹅！
你是大自然赐给我的天使
你是我心中永远的女神！

2015 年 2 月 15 日

 "安德烈"和"娜塔莎"是附近的居民给这对黑天鹅起的名字。

Black Swan, the Goddess in My Heart

Black swan
You are the goddess in my heart
Whenever I step into the Yuan Ming Yuan Park
I will search for you with my eyes

I admire you
When you swim in the icy water alone
In the snow covered lake in the winter
With your black feathers and your red beak
You look so noble in this white world
Like a nude woman walking alone
At the open beach against the sea wind

I like you
When you wander and play with your companions on the peaceful lake
In the golden evening sunlight of the summer
With the ripple and sparkle reflecting golden light
Like a group of dancers twirling in a splendid royal palace

I like you more
When you lead your young swans
Wandering in the ripples of spring water
Bathing in the sparkling sunlight
Sending out cheerful voices
Like a happy family enjoying a spring tour in open fields

Black swan
You are the goddess in my heart
Whenever I step into the Yuan Ming Yuan Park
I will listen to you with my ears

I hear

Lotus flowers growing little by little

Reeds shaking in the wind

Fishes splashing in the water

Little birds singing in the woods

Andelie and Natasha are making love

And new life is hatching

Black swan

You are the goddess in my heart

Whenever I step into the Yuan Ming Yuan Park

I will feel you within my heart

I feel you have swum in the lake of my heart

There you have made a nest

I feel my fluttering heart becoming calm

I can feel every day that

Hope of lotus flowers are growing little by little

Sadness of the ice and snow has been melting

The steps of spring are approaching

The wings of happiness are flapping

Oh! My black swan

You are the angel that nature has rewarded me

You are the goddess in my heart forever!

February 15，2015

Andelie and Natasha are the names that local people gave to the couple swans.

武夷山漂流

竹排江中游，人在画中留。
九曲十八弯，弯弯不虚流。

2003 年 8 月 3 日

后　记

　　初秋，夜晚近十点，我走出办公室，校园里非常宁静，一轮明月高挂在天上，一阵晚风吹来，感到一些凉意。刚刚下晚自习的学生从我身边三三两两地向宿舍走去，边走边小声地讨论着作业题。我抬眼向教学楼望去，5层教学楼办公室还有一排灯光，不少教师还在工作。几十年了，这好像一种常态，教师们在这里年复一年地默默辛勤工作，淡薄名利，为了他们的教育理想，他们常常顾不上自己的小家，甚至顾不上自己的身体。

　　一百年来，地处清华园中的清华附中，受清华大学教风的影响，严谨治学，追求卓越，教育薪火代代相传，使昔日的皇家花园、曾经的稻田成了一块教育的圣地。"十年树木，百年树人"，在这里走出了那么多声名显赫的各行业精英、国之栋梁，我为他们骄傲，可我更想歌颂的是那些曾经培养和帮助过他们的那些人，我曾经的同事和前辈们，那些在非常艰苦的条件下，默默坚守在基础教育战线上的辛勤的园丁们、灵魂工程师们。我也为现在奋发有为的同事们所感动，在他们的努力工作下，新一代的未来精英正在成长。可以说这本诗集就是为他们而写的，也把它献给培养我成长的清华附中，愿她百年华诞，青春永驻。在清华附中新百年的征程里，我愿用我这支拙笔，用我未来的生命来歌颂她和可爱的老师们。

　　在诗集编辑出版的过程中，得到了清华大学出版社的大力协助，蒋毅君教授对英文部分的审阅，以及解重庆校友对中文部分的审阅，在此表示深深的谢意。

王英民

于 2015.9.16

清华附中百年华诞前夕